三雲岳斗

illustration マニャ子

噬血狂襲

STRIKE THE BLOOD

2 戰王的使者

Kadokawa Fantastic Novels

序章 Intro

月齡二十一。弦月之夜——

特區警備隊強襲班向位於港灣地區的老舊倉庫展開攻擊，是發生在那天深夜的事。有情報指出，偷渡者組成的犯罪集團正祕密進行武器交易。

炸藥將倉庫門板轟開，穿戴護身裝甲的隊員們從正面衝入。

鐵柱鏽蝕，木箱堆積。在昏暗的水銀燈泡照耀下，倉庫裡的男子們同時站起身。這些人似乎原本玩牌玩得正起勁，被擲出的音響閃光彈就在其腳邊炸開。男子們視野受限，掃過他們身上的則是衝鋒槍子彈。

強襲班所用的彈藥是祝聖過的琥珀金彈頭（Electrum Tip）。那能封鎖魔族的肉體再生能力，專門用於對付獸人。

強襲班的第二分隊從倉庫後頭破牆而入。企圖跳窗逃走的嫌疑犯陸續被躲在周圍建築物的狙擊班射中。

戰鬥不到兩分鐘便宣告結束。面對特區警備隊徹底武裝的兩個分隊，嫌犯們猝不及防，無從抵抗地遭受鎮壓。催淚瓦斯消散後，倉庫裡只見他們倒成一片。

男子們共七名，全是魔族，而且屬於沒有登錄證（Bracelet）的非法偷渡分子。

中彈而渾身是血的他們就倒在地上。

這種程度的傷殺不了生命力超乎尋常的獸人，但似乎仍換來阻止一幫匪徒獸化，令其無法動彈的成果。

強襲班的分隊長發出指示，要隊員將所有嫌犯拘押。

然而這時他忽然想起，攻堅前夕在作戰會議（Briefing）上聽取的情報。藏匿於倉庫的嫌犯共有八人，還有一個人躲在哪裡才對。

——不妙！

分隊長立刻又舉起槍口，在他眼前，獸人們倒地不起的身軀被使勁掄開。一名幾乎沒有受傷的魔族從同伴的身軀底下冒出身影。那是個豹臉獸人，身材修長高大，毛色黝黑。他八成是把同伴當成肉盾，藉此保護自己，還屏息躲了起來。

完全獸化的魔族手裡握著一具類似遙控器的小型裝置。

察覺款式精簡得恐怖的機械就是倉庫內炸彈的引爆開關，分隊長倒抽一口氣。

撤退！分隊長怒吼。但他的嗓音卻被周圍湧上的轟然巨響掩沒。

衝擊波震碎堆積在旁的木箱，掀湧的熱流瞬間將倉庫裡燒個精光。

火焰染紅了夜空——

†

「可惡！可惡！可惡！可惡……都是那些人類幹的好事！」

聲音沙啞地咒罵之餘，豹臉男子在深夜的街道狂奔。

槍傷陣陣作痛。眼睛及鼻子的刺痛感，八成是催淚瓦斯所致。利用蘊含咒力的武器攻擊，就可以阻礙獸人的再生能力，拖長痛苦的時間。

然而，男子焦躁的原因不僅如此。

能在爆炸時趁亂逃脫雖然好，但他因而失去同志，武器交易也砸鍋了。儘管這些損失並不至於耽擱到計畫，但肯定會令他顏面盡失。這樣下去，他在組織裡的威嚴就會掃地，更將失去少校對他的信任。

「饒不了那些傢伙……我絕對要讓他們後悔。」

男子眼神憤恨地瞪著背後仍陷於火海的倉庫。

接著，他將視線轉向被月光照亮的夜晚街道。

東京都絃神市——浮在太平洋上的巨大人工島，有著人類和魔物共存，聖域條約的產物，令人深惡痛絕的「魔族特區」。

豹臉男子出身於歐洲的「戰王領域」，他對絃神市的人沒有特別仇恨。

可是，他有理由摧毀這座都市。讓「魔族特區」瓦解，就能將他們黑死皇派的存在昭然於世，更能為叛變燃起烽煙，糾眾抵制那貶低魔族地位又僭稱為王的可憎之輩。

計畫已經啟動了。事到如今，憑特區警備隊想做些什麼，也改變不了這座城市的命運。儘管程序出了些亂子，但想到自己正引開那些人的注意力，反而還利多於弊。只要他當好誘餌，令特區警備隊陷入混亂，計畫的成功率就會上升。或許連他會這樣思考，也屬於少校計畫的一部分。

無論如何，特區警備隊奪走了他的同志，復仇的機會應該立刻就有，也可以在鬧區裝顆炸彈讓那些人頭痛。

即使連累到幾個市民也沒什麼大不了，不過是死的順序稍微提前而已。沒有錯，這座城市終歸要走向滅亡的命運。

呼哈哈！男子揚起裂到嘴角的唇發笑。

他維持在獸人化形態，一口氣跳上五層樓高的大廈樓頂。在稱為L種的獸人族當中，豹人（Werepanther）是靈活度及敏捷性格外出色的種族。遁逃於夜晚市街的他，無人能追上。

現在要盡可能藏匿行蹤，等待傷勢痊癒——

不過在那之前……想到這裡，男子將指頭湊向手裡握著的遙控引爆裝置。

他們事先安裝好的炸彈有兩顆。第一顆在倉庫用掉了，但另一顆裝在港灣區地下道的炸彈還留著。

特區警備隊為救助傷患而呼叫的增援部隊，是時候要通過那一帶了。靠最初的爆炸引誘敵方人員，再用第二顆炸彈一網打盡。這在戰場上是被廣泛運用的手法。

「這是幫同志報仇。嚐嚐炸彈的威力吧——！」

男子握著遙控器的手，施了力氣。

但是，確實摸到的開關卻沒有傳來任何手感。

強烈的異樣感使男子望向自己的右手，於是他愕然吞了口氣。

理應緊握在手裡的遙控器竟消失得無影無蹤。

取而代之纏住他手臂的，則是鎖鍊。不知從哪伸來的銀色鎖鍊綁住了他的手腕，形同一副手銬。

「這……什麼玩意！」

豹臉男子使勁想扯斷鎖鍊。但即使豁出獸人的臂力，仍解不開銀色鎖鍊。男子反而被鎖鍊拖住，在原地無法動彈。

隨後他從背後聽見的是一陣隱含笑意、口齒並不清晰的嗓音。

「——這好歹是眾神鍛造出的『規戒之鎖（Læðingr）』，憑你之力可扯不開喔。」

「什麼！」

聽到意料外的挑釁話語，男子在哼唧間回頭。

嗓音的主人是個年輕女性。大廈樓頂水塔上頭站了一個女性。

她嬌小得幾乎令人誤認為女童。身上一襲禮服光鮮華美得誇張，明明是深夜卻打著陽傘。天真爛漫而端正的面孔，看來有如精緻人偶。與現場太不搭調的裝扮，使男子沒來由地產生恐懼。

「這年頭，你還用沒經過密碼化的類比式無線遙控器？真是便宜的貨色。虧這東西之前都沒有失控引爆。」

女性將遙控器外型的小巧機械翻弄於掌間，低聲嘲諷。

看到那模樣，男子表情抽搐。陽傘女手裡把玩的，正是他本來拿著的炸彈引爆裝置。這女人用了什麼戲法？連身為獸人的他都沒感受到對方接近，還當面搶走引爆裝置。

「攻魔師嗎？妳怎麼追上我的？」

豹臉男子眯起金色的眼睛，瞪向那名女性。女方則掩著嘴角格格發笑。

「我才想問，你以為能從我手裡逃掉？也太自視甚高了，你這隻野貓。」

「……妳少得意，臭丫頭！」

女性譏嘲的模樣令男子厲聲回嘴。他從腰帶上抽出短刀，然後劈向自己的右臂。男子是打算砍下被鎖鍊纏住的手腕，以取回身體自由。陽傘女貌似佩服地嘆了一聲。

「哼，就野貓來說，你倒挺有骨氣。想必是克里斯多福．賈德修的部下吧？黑死皇派的餘孽特地渡海而來，真是辛勞呢。」

「……我宰了妳！」

鮮血自右臂灑落的同時，男子咆哮。

獸人縱然擁有優秀痊癒力，要讓斬斷的手臂徹底回復也非易事。但即使要付出這等犧牲，他還是得趁現在打倒這底細不明的女人。為了讓他們的計畫成功，豹臉男子不能放過知道少校——克里斯多福．賈德修名諱的人。

他扯斷自己的手腕，更藉著獸人特有的迅發力疾速衝向陽傘女。

沒必要靠短刀。獸人的肌力在魔族中也是格外傑出，要收拾弱不禁風的人類女性，他徒手就能將對方撕碎。

陽傘女儘管明白這些，仍優雅地露出笑容。

「沒用喔。光憑你——」

男子指尖伸出勾爪，觸及她纖瘦的肩膀。以為得手的瞬間，女性的身影溶進虛空，宛如沉入水面般留下動人漣漪。

「什麼……！」

豹臉男子表情驚恐地回頭。

女性依然打著陽傘，人卻已經移動到隔壁十幾公尺遠的大廈樓頂。無聲亦無息，連根頭髮都絲毫沒動過，一切全發生於剎那。

這一幕令人聯想到沙漠的海市蜃樓，但她的存在絕非幻影。

心跳、呼吸、體溫、氣味，獸人遠勝常人幾百倍的知覺器官都告訴他女性確實存在於此，她肯定是具備實際軀體的普通人。

「早說過吧？你殺不了我……」

捉弄人似的笑了以後，陽傘女彈響指頭。

巨大漣漪在男子周圍的空間擴散開來。那陣波動雖狀似漣漪，等他察覺其實是高密度魔法陣時，已經太晚了。由虛空出現的無數銀鎖撲向男子，如擁有意志的蛇綑繞其全身。

「操縱空間的魔法……？怎麼會！辦得到這種伎倆的，只有爐火純青級的高階魔法師啊！妳這種小丫頭怎麼能……！」

全身被鎖鍊束縛而倒下的男子，已嚇得聲音顫抖。

但女性一語不發收起陽傘，興致缺缺地呼了氣。月光照出她那張臉龐，豹臉男子抬頭仰望後遂發出低鳴。

「原來妳是……南宮那月！妳怎麼會出現在這種地方？是嫌殺魔族還殺得不夠嗎？『空

隙魔女』……！」

「傷腦筋……野貓還真饒舌。」

陽傘女冷冷說道。她將手輕靈一揮，豹臉男子應已扯斷的手腕從虛空冒出，像縫回去般硬是被接回斷臂。

這什麼花樣？疑惑的男子恨恨地抬頭瞪向那月。那月則面無表情地回望他說：

「別擔心。我不是出於親切才幫你治療，這是為了減緩出血的應急處理。在問出需要的情報以前，讓你死掉可就頭痛了。」

「……妳以為我會向你們招出同伴的情報？」

「我倒不覺得克里斯多福·賈德修會將真正的計畫告訴你這種貨色。」

「什麼意思……？」

那月沒有對動搖的男子回答任何話，逕自轉了身。

「『戰王領域』的恐怖分子想在這座遠東的『魔族特區』玩些什麼把戲，這我雖然有興趣，但盤問就交給特區警備隊那些人吧。別看我這樣，我可是很忙的，還得為明天上課做準備呢。」

「為上課做準備……？」

聽那月回答得風馬牛不相及，男子感到困惑。

在歐洲魔族間威名遠播的「空隙魔女」，正業竟然是高中的英文老師，量他也實在想不到才對。

幽幽於空間留下漣漪，那月消失身影。她離去後僅剩被鎖鍊五花大綁的獸人倒在原地。

混帳——如此發狠之餘，男子仍低聲笑了出來。

對，什麼都沒有改變。即使自己受擒於此，局面也沒有絲毫改變。計畫已經啟動了，哪怕有「空隙魔女」的能耐，也不能改變這座城的未來。無論如何，這座都市就是命該滅亡。

被銀鎖束縛的豹臉男子，始終陰狠地笑著。

市街沉眠得渾然不覺。今夜，盛夏之月仍靜靜照耀。

†

黎明之前——

東京南方海上三百三十公里處，有艘船正悠然航行。

船名為「深洋之墓」，全長約四百呎，俗稱巨型遊艇的遠洋遊船。媲美軍用驅逐艦的大型船體被裝點得氣派非凡，美得連豪華客輪也望塵莫及，其英姿堪稱海上的宮殿。

不過，「深洋之墓」純屬個人財產。它是座極盡奢華的城堡，僅為一名主人所造。

一般來說這是很荒誕的事實，不過只要聽到船主的名字，任何人一定都能理解。因為「深洋之墓」的所有人就是奧爾迪亞魯公迪米特列．瓦特拉——「戰王領域」的貴族。

而那位船主正在愛船的頂層甲板享受月光浴。他躺在豪華躺椅上，悠哉地端著一杯黑醋栗酒就飲。

他是名金髮碧眼的俊俏男性，由外表所見，約莫二十過半。

但他的頭銜是貴族(Noblesse)，這就表示他乃人稱「舊世代」的吸血鬼，力量超脫常軌。其廣大領土位於「戰王領域」，常備的強大戰力能匹敵西歐諸國軍隊。而他本身也是怪物，具備足以在轉眼間毀滅大都市的莫大權能。

有道苗條人影朝著這麼一位貴族青年走近。

是名年輕的日本少女，體態修長窈窕，面容散發著一股妍麗及嫻雅。肌膚白淨，髮絲的色素也偏淡。或許因為如此，少女的麗質令人聯想到繽紛綻放的櫻花。

束成馬尾的長髮受海風吹拂，靜靜地搖曳生姿。

她身上穿的是位於關西地區的名門女校制服。

而少女的右手提著用來裝鍵盤的黑色樂器盒。

「你在這邊啊，閣下。」

長髮少女停下腳步，恭敬地俯首行禮。

目的地恰巧也從他們所搭的船前頭現出蹤影。浮在重洋之外的海上孤島，以超大型浮體構造物建成的人工島——

被創造以操控龍脈的它，如今成了研究魔族生態及能力的學術都市。那便是絃神島，「魔族特區」。

「用廢鐵及魔法創造出的冒牌大地嗎？還真能大費周章蓋出這種破爛東西呢。人類就是這麼有意思。」

青年自言自語似的咕噥，態度分不出是褒是貶。

少女冷冷地笑著忽略這些話，然後遞出一封信函。

「我帶來了日本政府的書面答覆。」

「……嗯？」

貴族青年緩緩轉身，彷彿才剛察覺少女人在這裡。他臉上帶著親切微笑，並沒有吸血鬼那種暗藏巨大力量的獨特威迫感。

少女正面接下他那挖苦般的視線，淡淡地繼續說道：

「自本日上午零時起，允許閣下訪問絃神島『魔族特區』。往後將本著聖域條約，將閣下視為來自『戰王領域』的外交特使——答覆的大意就是如此。」

「那好。哎，還算是妥當的結論。就算要我別去，我也會自顧自的上門拜訪，這樣算省了些工夫吧。」

迪米特列．瓦特拉仍臥於躺椅上，笑得天真無邪。

然而少女扳起臉孔，朝他箴諫：

「但是有一項條件。」

「哦，什麼條件？」

「希望你能接受日本政府指派的監視者隨行，並聽從其勸告。」

「所以會有人監督？」

原來如此，想通的瓦特拉頗感興趣地點頭示意。

「那麼，妳提到的監視者是什麼人？」

「容我僭越，就是由我來盡這項職責。」

少女帶著與沉靜口吻相悖的挑釁表情回答。

既然已自稱監視者，她的任務就不會是單純為人領路。如果瓦特拉被日本政府視為威脅，最壞的情況下，就必須將他抹殺——少女正如此宣言。這同時也代表她的能耐足以消滅「舊世代」的吸血鬼。

瓦特拉一臉不可思議地回望那名少女問道：

「喔，這樣啊。對了，妳又是誰？」

貴族青年的話裡顯得全然不在乎，讓少女微微發出嘆息。

「我叫煌坂紗矢華，獅子王機關允我使用『舞威媛』的名號。」

「獅子王機關啊？這名稱我好像在哪聽過。」

瓦特拉嘀咕的話裡全無緊張感。少女則傻眼似的焦躁轉頭說：

「那是日本政府負責因應魔導恐怖行動的特務機關。」

「……魔導恐怖行動？」

「閣下這次訪問絃神市，將成為敝機關的監視對象，因此是由我們的人員伴同隨行。請明白這一點。」

「哦——算啦，怎樣都好。」

貴族青年爽快地接受，然後瞇起眼笑著說：

「話說回來，沒想到會由妳這樣可愛的女孩子負責監督。日本政府的安排倒也頗具巧思，不是嗎？」

假如是個可愛的男生就更好了。瓦特拉如此喃喃自語，而紗矢華難忍不快看了他。

「承蒙你美言，閣下。我可是獲准擁有六式重裝降魔弓（Der Freiscütz）的攻魔師，希望你別忘記，我被賦予了可以憑個人獨斷誅討閣下的權利。」

才以為紗矢華恫嚇般的話語會壞了瓦特拉心情，他卻一臉愉快地笑出聲音。

「哈哈哈，不錯耶，妳很有意思。我中意妳。還有，要叫我迪米或瓦特拉都隨妳高興。閣下那種死板的稱呼可以免啦。」

「……我明白了，奧爾迪亞魯公。」

紗矢華不改見外態度。瓦特拉嘔氣似的搖搖頭，然後撐起上半身望向紗矢華。他的雙眼微微蕩漾，有如鮮紅的蜃景。

「那麼，我拜託的另一件事情又如何了？」

「你拜託的事……？」

面對瓦特拉散發的冷冷氣息，紗矢華表情僵硬。

「事到如今，別再裝蒜了可以嗎？你們早就找到人，現在也正監視著他吧？我說的是那個世界最強的吸血鬼。」

「若你是指第四真祖，我倒不否認。這一點可以先向你奉告。」

紗矢華平靜道來的態度，讓瓦特拉微微露出牙齒笑了。

「那務必幫我做個介紹，雖然我懂你們想把他藏起來的心情。」

貴族青年依然笑容親切，但如今他全身正散放著形同物理重壓的咒力，宛如激昂的情緒直接化成實體，非攻魔師的普通人光待在現場也難保不會失神的強烈邪氣。

然而，紗矢華面無表情地搖頭。

「不，我沒有理由袒護他。」

她說著拿出一張照片。照片上是個穿制服的高中男生，彷彿到處可見的平凡少年。曉古城就是他的名字。

地平線開始微微泛上白光，再過不久就是黎明。

「因為第四真祖曉古城是我們的敵人——」

嘀咕著的紗矢華手中，少年的照片被掐爛了。

載著貴族青年與少女的船正緩緩接近絃神島。

第一章 戰王的使者

From The Warlord's Empire

1

九月中旬的星期三，上午六點二十五分——

這天早上，曉古城難得自己醒了過來。

這可說是極為異常的事例。雖然這件事不太能張揚，但曉古城乃是吸血鬼。所謂吸血鬼，是自古以來公認怕陽光的物種，就算他頂著「第四真祖」這種荒謬的頭銜也一樣。要是碰上早晨陽光就更加不妙，儘管不至於被曬成灰，但是倦怠感、乏力感，外加睡意及疲勞、食慾不振等諸般症狀都會令他頭痛。麻煩之處在於，這些症狀根本和熬夜睡眠不足的普通人沒有兩樣，因此就外界眼光看來，古城純粹是個早上起不了床的糟糕高中生。

而且萬般遺憾的，會有這種觀感的，連古城的妹妹曉凪沙也不例外。因此，每天早上被好管事的妹妹用長串說教硬是挖起床，不知不覺已經變成古城的日常行事。

但是就只有這天早上，沒聽見凪沙準備進古城房間的動靜。

相反的，她聽似開心的說話聲正隔著牆壁斷斷續續傳來。這麼一大早，感覺也不會有客人拜訪。難道凪沙在和什麼人通電話？如此懷疑的古城走出自己房間，睡眼惺忪地走向廁所，然後打理睡覺時壓亂的頭髮。

洗過臉回到客廳，古城注意到桌上準備的早餐。

凪沙親手做的焙果三明治和義式沙拉共三人份，菜色比平時費心一些。古城看見這個才釋懷，似乎是久違的母親回到家了。

由於父母在四年前離婚，曉家目前是三人家庭。不過古城他們的母親曉深森，頗有派頭地在絃神市裡的公司擔任研究主任之職，沒回家的日子居多。一個禮拜或十天不在家算家常便飯，卻也會沒有聯絡就在深夜或大清早回來，是個生活過得幾乎像野貓一樣的奔放女性。

所以古城會無憑無據就認為不知何時回到家的母親就在凪沙房裡，從某個層面來看倒也難怪。

「凪沙，抱歉，我要先吃早餐了。假如妳想喝咖啡，我可以連妳的份一……」

古城打著呵欠說出這些話，並打開妹妹的房門。

之前凪沙接連不停的講話聲忽然中斷了。她大吃一驚似的睜著眼，愕然仰望古城。

雖然還留著一股稚嫩，是個臉龐普通可愛的國中生。長長髮絲被束起，用髮夾固定得貌似短髮。她捧在腿上的是啦啦隊制服。她是國中部啦啦隊隊員。

而且正如古城所料，房間裡還有另一個人。

只不過和料想中不一樣的地方在於，那名人物是個少女，比古城他們的母親年輕許多。

而背對古城站著的她，除了內衣褲以外什麼也沒穿。

「為什……」

完全出乎意料的光景讓古城思緒大亂，呆站在原地。大概是因為剛起床，腦袋不靈光，他根本搞不清楚這是怎麼一回事。

毫無遮掩只穿內衣褲站著的少女，動作生硬地回了頭。

她是個令人不禁倒抽一口氣，容貌清秀美麗的少女。儘管身材苗條纖瘦，卻沒有給人弱不禁風的印象。體態留有稚嫩感又穠纖合度，背脊直挺。看上去彷彿一匹美麗的猛獸，感覺得到少女柔中帶剛。

烏溜的大眼睛正眼注視僵硬不動的古城。

古城目光依然被這樣的她吸引。

「……為什麼姬柊……會在這裡？」

他聲音沙啞地提出疑問。

姬柊雪菜，這便是她的名字。她是比古城小一歲的國中部三年級生，大約在半個月前轉到彩海學園就讀，和凪沙是同班同學。

而且，她還具備「獅子王機關的劍巫」這樣一個奇妙的頭銜。

雪菜是那機關或什麼來著，指派來監視「第四真祖」曉古城的人。時時跟著古城，倘若

判斷他有害便下手誅殺——這就是她的任務。

不過那椿歸那椿，她的外表看來是個嬌憐少女的事實並不會變。

「學……學長？」

也許雪菜這才終於了解是什麼狀況，朝著古城低聲驚呼。古城反射性打了個沒腦筋的招呼：「嗨。」即使如此，他仍一動也不動地盯著雪菜。

對雪菜裸露肌膚的模樣看得入迷，自然也是原因。

淨白肌膚有如玻璃工藝，細緻的鎖骨好似美術品。肉感雖薄，胸口呈現的線條卻不可思議地柔軟。目光要不被吸引實在困難。

可是，古城之所以無法從她身上別開視線，理由並不只如此。第四真祖位居「世上最強吸血鬼」的本能，正對他大發警訊。

也許他的心境可以比喻成與肉食野獸正面對峙，只要目光別開一瞬就會被撲上來；不然也該比喻成武術高手等候彼此露出破綻，陷入無法動彈的狀況。古城和雪菜之間紋風不動相望的沉默，就是成立在如此驚險的平衡上。只要有些許契機，這種平衡應該就會輕易瓦解。

結果製造契機的是坐在床邊的凪沙。

「古……古城哥？你在幹嘛啊——！」

凪沙尖叫著起身，那聲音解開了古城和雪菜的定身術。

古城連聲驚呼後退了數步，幾乎在同一時間，用雙手遮住胸部的雪菜不出聲息地迴身。她的髮絲輕靈一晃，可見白皙頸子和裸露的背影，接著她穿在身上的小面積布料就掠過古城的視野。隨後，她穿著長筒襪的後腳跟便招呼在古城面門——

等察覺到自己挨了後旋踢，古城身體已足足翻過一圈，還飛到客廳的邊緣。換成普通人，這種衝擊就算讓半邊頭蓋骨報銷也不奇怪。

慢了一會兒，才聽到雪菜「呀啊啊啊啊啊」的尖叫聲。迴旋踢比尖叫來得早？儘管古城想開口吐槽，但他現在當然沒那種餘力。仰身倒地的他起都起不來，用右手捂著臉。他擦掉噴得誇張的鼻血，虛弱地嘆道：

「……饒了我吧。」

曉古城漫長的一天就這麼開始了。

2

「呃，學長……鼻血……真的不要緊了嗎？」

在通學用的單軌列車上，身穿制服的雪菜仰望古城問道。

她揹在肩膀的是低音吉他專用的黑色樂器盒。

盒子裡其實並不是樂器，而是獅子王機關的壓箱兵器——一柄強得駭人的靈槍，據說是備以抹殺吸血鬼中的真祖。

負責監視「第四真祖」曉古城的雪菜，時時都將這聳動的小道具寸不離身帶著走動，每次看到她那模樣，古城的心情就會沉下來。

「哎，還過得去。我才要說抱歉，雖然我沒偷看的意思。」

古城按著到現在還隱隱作痛的鼻子賠罪。

被雪菜踢斷的鼻梁勉強靠吸血鬼的恢復力痊癒了，不過在鼻血停下來前又費了些工夫。基本上，多虧如此他才能省掉吸血的衝動，關於這點或許是該感謝雪菜。

「不會……那件事我已經不生氣了。」

畢竟我也毫不留情地出腳踹了你——雪菜如此嘆道，語氣雖交雜著羞赧與無奈，不過生氣的跡象確實已經沒了。古城露出放心的表情說：

「這……這樣喔。」

「對啊。哎……學長的下流是一開始就明白的，責任在於鬆懈警戒的我身上。」

「嗯？」

「學長有可能做出那種行為再裝作是意外，我不應該疏忽的。」

「為什麼要把我當成理所當然會偷窺的人！那真的是意外吧！呃，雖然我有反省啦！」

望著慌忙反駁的古城，雪菜小聲地嘻嘻笑了。看來她真的肯原諒古城。請學長務必深刻反省——被雪菜表情淡然如此諫言，古城儘管歪了嘴，還是安心地撫著胸口。然而——

「不行啦，雪菜。妳這麼簡單就原諒這個變態哥哥！」

破壞和解氣氛的是闖進來袒護雪菜的凪沙。和雪菜穿著相同制服的她，用氣沖沖的目光抬頭看了古城。

開展於單軌列車窗外的，是一片沒有東西遮掩的藍天與蔚藍海洋。悶熱車廂裡被早晨的陽光毫不留情地照著，還響起凪沙壓低音量又咄咄逼人的說話聲。

「我不能相信你了啦。真的好沒道理，基本上那件事哪算是意外啊？居然連門都沒有敲就進女生房間，古城哥你好差勁。昨天睡覺前我有先說吧？當時我就提過，明天早上雪菜會來我們家啊。」

「啊……這麼說來，我似乎也有印象聽妳說過……」

古城循著模糊的記憶思索，還皺起整張臉。

「可是，我沒聽說姬柊要來家裡換衣服啊。妳們一大早的搞什麼？」

「我～～說～～啊～～你不要亂想像嘛。我們是在替球類大賽時要穿的服裝量尺寸，還有試穿啦。」

昨天就講過了吧？凪沙說得連呼吸都急促不已。不過，聽了這些古城還是不清楚狀況。

「……妳說球類大賽的服裝是什麼意思？普通都穿體育服或運動套裝吧？」

「不對啦。不是比賽的人要穿，是加油時穿的啦啦隊服啊。替班上加油總不能拿啦啦隊服來用嘛，所以才要另外做新的。瑣碎的部分家政社團的人會幫忙弄，而且男生肯出材料費耶。」

凪沙連沒有問的事情也連珠炮做了說明。異常多話是凪沙為數稀少的缺點之一，不過像這種時候一下子就能把事釐清，倒是值得慶幸。

「啦啦隊服……咦？是姬柊要穿嗎？」

古城疑惑地皺眉，朝著臉色莫名陰沉的雪菜問道。

球類大賽姑且算學校的正式行事，並沒有特別規定女生非得打扮再幫忙加油。目前屬啦啦隊員的凪沙會冒出來加油還能理解，但雪菜會主動參加這種活動，感覺就有些意外。

於是，端正臉孔上浮現一層陰鬱的雪菜回答：

「我原本沒有那種意思，可是實在拒絕不了……」

她沉重地深深嘆了氣。對呀對呀——態度形成對比的凪沙開朗笑著說：

「班上所有男生都跪下來求雪菜喔。他們說只要公主肯穿上啦啦隊服加油，全體家臣什麼都肯做，還會賣命努力爭取優勝。」

「所有男生都向妳下跪？」

古城對於凪沙的說明感到愕然。雪菜臉色顯得更加困擾而垂下目光。公主是雪菜的綽號嗎？取得還真妙。這麼想的古城心裡有些佩服。看來在他不知不覺中，雪菜的定位已經被拱為班上的公主了。面對一群臭男生下跪，雪菜不知所措的模樣彷彿光憑想像就能看見。

「普通看到那種舉動是很不敢領教，可是你想嘛，畢竟他們求的是雪菜啊。男生拜託得那麼誇張的心情也是可以體會，所以女生同樣決定幫忙，事情就變成這樣了。」

凪沙莫名地感到自豪。古城終於將狀況理解了大概。

「所以妳也會陪她當啦啦隊？」

「嘿嘿嘿，不錯吧？啊，難道古城哥也希望被加油？」

「沒有，我倒無所謂。」

搖頭的古城答得毫不介意。表情換來換去的凪沙，眼看就要變得不開心。

「咦？為什麼！你不高興嗎？」

「不過就是學校辦的球類大賽嘛，被打扮得那麼拚的妹妹加油，會很丟臉啦。」

古城語氣淡然斷言。他沒有興致叫親妹妹打扮成啦啦隊女郎來取樂，儘管他話裡頂多是這個意思，在旁聽著的雪菜似乎解釋成其他含意了。

「打……打扮……很丟臉。」

嘀咕的雪菜似乎受到打擊，憂鬱地低下頭。對正經八百的她來說，要穿啦啦隊女郎的服裝，門檻應該還是太高。

「呃，沒有，我的意思不是讓姬柊加油會很丟臉。」

「啥？什麼話嘛！意思是雪菜可以加油，我去就會丟臉？」

「不是啦。學校的球類大賽根本像在玩啊，所以我是叫妳們可以不用來看我比賽。」

古城嫌麻煩地揮著手辯解。面對這樣的他，凪沙仍噘著嘴抬頭望了一會。然後她忽然表情僵硬，口氣裡帶著某種不安問道：

「……古城哥，難道你還會介意嗎？就是……去年大賽的事情。」

「大賽？」

一瞬間，古城真的不懂被問了什麼，神情認真地回望妹妹的眼睛。看出她難得欲言又止的模樣，古城才總算聽懂問題的含意。

國中時期曾是籃球隊隊員的古城，有段太過計較勝利而在隊伍中被孤立的苦澀回憶。那多少讓他消沉過，而他也是因為那件事才不打籃球。看到古城說別來幫自己加油，凪沙大概是想起了那件往事。

不過古城笑著敲了敲妹妹的額頭說：

「嗯，不是啦。跟那個完全沒有關係。」

「真的嗎？」

「一丁點關係也沒有，再說我又沒有變得討厭籃球。」

古城說著聳起肩，像是在掩飾難為情。

他不介意過去的事，這是真話。趁著升到高中部而離開校隊的學生不只古城，而且那也沒特別用意。古城認為自己與當時的隊友現在也相處得還不錯。

話雖如此，現在的他已經無法認真投入運動。畢竟他乃是世界最強吸血鬼，具備魔族特有的異常體能的「真祖」，總不能混進普通高中生裡頭去參加全國大賽。

但是不知道這些因素的凪沙，聽到古城的話便開心地笑了。

「這樣啊。那在這次的球類大賽，又可以看到古城哥比賽囉？」

「我不一定能在妳希望的項目中出場就是了。」

隨口回答的同時，古城感覺良心微微作痛。

高中部男生在球類大賽能參加的項目有籃球、桌球、羽毛球三種。古城會上場比哪一種，目前還沒有決定。

基本上，有校隊經驗的人八成會被分到該當項目，古城被派去參加籃球賽的可能性很高。那樣倒也無妨——古城心想。

不能用全力享受以前認真練過的運動，是件挺落寞的事情，但是就當作回饋替自己著想的妹妹，比賽間適時放個水也不錯。

「沒辦法囉。哎，既然古城哥要比，我們還是幫忙加油吧。好不好，雪菜？」

不知道為什麼，凪沙帶著好心情點頭，還向雪菜徵求同意。

雪菜一瞬間猛眨眼，顯得彷徨失措。她大概是沒有想到連自己都會被要求幫古城加油。原本就已經為了啦啦隊女郎服裝苦惱的她，對這份邀約應該十分頭痛。根本來說，雪菜是被派來彩海學園當第四真祖的監視者，在球類大賽幫古城加油並非她本來的任務。

但面對露出耀眼笑容的凪沙，她好像實在沒辦法拒絕。

「這樣啊……那我也會幫忙加油。」

像是拗不過似的，發出嘆息的雪菜這麼告訴古城。看了她無力微笑的模樣，古城也跟著苦笑。單軌列車抵達目的站，正是在這之後。

三個人一如平時下了車廂，一如平時走向感應票口。這是一如平時尋常的早晨光景——

古城等人還沒有發覺，從單軌列車窗戶所見的紘神港已經停了一艘陌生的豪華船隻。

3

穿過校門後，古城與雪菜她們分開。雪菜和凪沙走向稍有距離的國中部校舍，古城則朝著位於正面的高中部校棟走去。

紘神島是浮在太平洋正中央的熱帶島嶼。九月明明已經過半，卻絲毫沒有秋天氣息，盛夏的陽光正無情地灑落早上的校庭。

古城衝進校舍出入口，心情有如倉皇逃離紫外線的黏菌，結果那裡正好有人先到了。在古城班級的鞋櫃前，有個女學生正換上室內鞋。

髮型亮麗、化妝脫俗，制服穿得邋遢而有型，是個容貌醒目的同學。

「早啊，古城。真難得耶，你來學校居然沒遲到。」

她用哥兒們似的輕鬆語氣搭了話，端正的嘴角露出賊賊笑容，格外給人不怕生的印象。在她擺齊的樂福鞋旁邊，有個大運動包被甩在那裡。

「淺蔥？妳帶的那個是什麼？」

古城一邊拿出自己的室內鞋一邊不經意地問。

藍羽淺蔥望著這樣的他，揚起嘴角笑道：

「你來得正好呢，不好意思。這東西意外地重，好麻煩。」

「我沒說過任何一句要幫忙搬的話喔。」

「哎，你真是幫了大忙，替我擺到置物櫃前面就好。」

無視古城微弱的反駁，淺蔥自顧自的下指示。古城放棄多做抵抗，勉為其難地提起包包。從沒有完全拉上的拉鍊縫隙中，能看到幾支用得老舊的球拍及白色羽毛——是羽毛球。

「這是羽毛球拍？怎麼會有這麼多？」

「球類大賽練習要用的。我和我姊拜託才借到的啦，光用學校的器材不夠吧？」

哦——古城佩服似的嘆了一聲。

「妳偶爾也滿貼心的耶。」

「『偶爾』兩個字是多餘的啦。我的綽號是『體貼入微的高中美女淺蔥同學』喔。」

「體貼入微的高中美女並不會自己說出這種話。」

「煩耶。哎，其實只是阿倫昨天拜託我的啦。」

淺蔥爬上往教室的樓梯，毫無愧意地招出真相。

「所以，古城你決定要參加哪項比賽了？」

「不清楚……雖然我之前找過築島，請她盡量派個輕鬆的項目給我就是了。」

古城意興闌珊地回答。球類大賽的出賽項目是由班級幹部築島倫在聽完班上所有人的意願以後，再依她的獨斷分配。要是對被分到的項目有意見，也可以自己找人交涉交換，立場公平合理。

傷腦筋。莫名失望的淺蔥這麼說著嘆了氣。

「真隨便耶。像你這種原本屬於運動派的熱血煩人男，頂多在球類大賽時才有存在價值。打起勁來啦，煩人男古城。」

「妳叫誰煩人男？講話選一下字眼啦。還有，對全國參加過運動社團的人道歉啦——」

古城和淺蔥一如往常地拌嘴並走上樓梯，進了教室。

就在隨後，氣氛噪嚷起來。

待在教室裡的人大約為全班七成。所有人同時轉頭看向古城他們。

「怎……怎麼了？」

「別問我啦，我才剛和你一起進教室。」

暴露在同學們的視線下，古城和淺蔥稍稍感到動搖。

瀰漫在教室裡面的，是一股理解及信賴參半的奇妙連帶感。感覺並沒有被奚落，反而有種亂遭到期待的感覺。

面對同學們神祕的反應，就在古城和淺蔥困惑地杵於原地時——

「嗨，古城。和搭檔一起帶著道具現身啊，還真是拚勁十足。」

有個待在講桌附近的學生語氣格外開心地搭了話。他是將短髮抓成刺蝟頭，氣質顯得輕佻的男生，矢瀨基樹。對古城來說是從國中時期就認識的損友，也是淺蔥的青梅竹馬。

古城和淺蔥一臉不悅地瞪著這樣熟識的朋友問道：

「搭檔？」

「……你在講什麼啊？被年長的女朋友甩掉就精神錯亂了？」

「我才沒有錯亂也沒有被甩，妳少烏鴉嘴！看那邊啦，那邊！」

矢瀨拉高音調回嘴，指向背後的黑板。

站在那裡的是築島倫，高䠷而氣質穩重的女同學。黑板上有十分襯她性格的端正字體，寫著班上所有同學的名字。

「球類大賽的參加項目，剛剛才發表出來喔。」

「這樣啊……」

古城和淺蔥無力似的應了聲，然後看著彼此的臉。他們完全不明白，為什麼那會讓自己受到全班注目。依然摸不著頭緒的古城，望著寫在黑板上的白色粉筆字痕跡問：

「羽毛球男女混合雙打？我和淺蔥一組？」

發現自己的名字被寫在意外的地方，古城有些愕然。

當然他並沒有練羽毛球的經驗，也不記得自己曾主動報名出賽，連有男女混合雙打的項目都是現在才頭一次知道。而且除了古城他們以外的選手組合，全是班上公認的情侶。

「……為什麼我非得和古城配對參賽啊？」

淺蔥露出警戒的表情。不過倫卻平靜地微笑著回答：

「今年起才改成這種規定喔。單打比賽被廢止，相對地增加了男女混合雙打的選手組合。啊，目前參加羽球社的同學禁止出賽。」

「所以我說，為什麼我要和古城湊一組？」

「淺蔥，妳不是以前就說過很喜歡嗎？」

「嗯……咦！我、我、我什麼時候講過那種話……？」

「我是指羽毛球喔。」

倫用往常的冷靜語氣開口。淺蔥的喉嚨「唔」一聲梗住，接著又說：

「……我只有偶爾陪我姊練習，根本不算厲害喔。」

「懂規則就夠了。」

倫冷靜地這麼說完，使得淺蔥沉默下來。

「曉也說過沒有希望參加的項目，這樣不會有意見吧。其實我本來想讓你參加籃球賽，但是對不起喔，我都不知道有那種事。」

「妳在說什麼？」

看到倫尷尬地垂下目光，古城一臉納悶地反問。結果倫看著古城，莫名同情般搖搖頭。

「你不用勉強，我聽矢瀨講過了。關於你在國中時的事情。」

「咦？」

「你對女子籃球隊的女生一再做出變態的跟蹤行為，就被下了不准進籃球場的禁止令，對不對？」

「啥！」

倫這段離譜過頭的發言，讓古城的思考停止了一陣子。他在國中時期對籃球確實有過不愉快的回憶，可是那段記憶應該並沒有涉及犯罪。

「那是什麼話！妳說的跟蹤是怎麼回事？」

「不過沒關係。你不用擔心，曉，就算你是執著於聞女生球鞋還有籃球背心味道的變態，我們班也不會排擠你的。」

「我說啊……不要相信那種亂編的故事啦！怎麼想都知道是捏造的吧！」

古城忍不住放聲大叫，然而同學們沉默地回應他的只有夾帶同情的溫暖目光。原來如此──這麼說的淺蔥則是半瞇著眼，大大地嘆了口氣。

「事情我大致明白了。全都是你的策略對不對，基樹？」

「我幫得很漂亮吧？」

矢瀨被青梅竹馬狠狠瞪著，卻莫名得意地對她豎起大拇指。古城和淺蔥會被配成一對參賽，這男的似乎就是元兇。雖然不知道他有什麼用意，反正八成不是像樣的企圖。

「你又玩這種不必要的花樣……！還有，阿倫也是一伙的對不對？」

淺蔥擺著嘔氣般的表情，朝一臉事不關己的班級幹部逼問。

倫露出使壞的微笑，與平常一樣冷靜回答：

「球場我已經申請好了。從今天放學以後，麻煩你們主動開始練習囉。」

4

「淺蔥？妳還留在教室啊？」

這天的課程結束，放學後——

以往只要視線一鬆懈，曉古城就會從眼前跑得不見人影。忽然被他從死角喚了自己的名字，藍羽淺蔥僵住了。淺蔥吞下險些冒出口的尖叫聲，故作平靜地回頭。

古城對她的苦心渾然不覺，帶著和平常一樣懶散的表情站在那裡。

在雙打中被配成對，也不過是球類大賽的分隊形式而已吧？古城散發著這種調調，似乎根本沒特別放在心上。

與緊張無緣的那張臉，讓淺蔥不禁想宰人，但她勉強只靠咬牙切齒來克制自己。因為那會變成遷怒，這一點她姑且還有自覺。

對於淺蔥明顯不悅的態度，貌似害怕的古城瞬間皺了眉，不過仍然開口問：

「要準備球類大賽的話，我們就隨便練一練然後趁早收工吧。」

「唔……好、好啊。我要去換衣服，你先到體育館。」

淺蔥笑容緊繃地說完，古城坦然點點頭。

「那待會見。球拍我借走囉。」

「啊～～好好好。」

淺蔥揮著手目送古城離開，然後嘆了長長的氣。

旁邊忽然有聲音冒出來。

「哦——」

穩重冷靜的嗓音主人是築島倫。修長身軀套著藍色體育服的她，表情帶有某種愉悅，正來回看著離去的古城還有依然坐著的淺蔥。

「怎樣啦？」

「曉去得好乾脆耶。我還以為要練習球類大賽會讓他嫌麻煩。」

「說來說去他還是喜歡比輸贏嘛，真像個小鬼。」

淺蔥誇張地聳肩說道。不過，倫表情認真地微微歪歪頭說：

「會嗎？說不定他這麼有意願，是因為要和妳一起練啊。」

「拜託喔。」

淺蔥鬧彆扭似的歪著嘴瞪視倫。

「受不了，妳也好、基樹那白痴也好，別拿我和古城尋開心行不行？打著球類大賽的名義，盡會多管閒事……」

「有造成困擾嗎？」

嗓音裡帶著笑意的倫如此問道。淺蔥貌似不開心地嘆氣：

「困擾可大了。拿這套衣服來說吧，這是什麼啊？」

淺蔥說著指了捧在腿上的尼龍包包給倫看。塞在包包裡面的，是球類大賽練習時會用到的運動毛巾和體育服等全套用品。

「還問這是什麼……這是賽服啊。羽球賽出場要穿，我專門幫妳準備帶來的，尺寸不合嗎？不會是太多地方長了肉，讓妳穿不下吧？」

倫一臉擔心地反問。穿得下啦——忍不住老實回答的淺蔥又說：

「就……就算這樣，不過是學校活動嘛，為什麼非要我穿得一身勁裝？」

輕飄飄的運動短裙，搭配衣襬偏短的無袖馬球衫——肌膚露出許多的這套賽服，著實讓淺蔥面有難色。若是在官方大賽出場的選手也就罷了，光為球類大賽練習就穿成這模樣，實在很難為情。

儘管如此，倫還是壞心眼地微笑說：

「誰叫妳腿那麼漂亮，不是嗎？」

「——呃……咦？」

平常不太開玩笑的朋友說出這樣意外的話，讓淺蔥無法反應而愣住了。可是倫卻依然冷靜地繼續說明：

「……這些話是矢瀨說的喔。他還說跟之前國中部的轉學生比也不會遜色。」

「為什麼說著說著會扯到那個叫姬柊的女生？」

淺蔥壓低聲音問道。雖然她有意故作平靜，但冷不防被戳中罩門，語氣也混了不高興。國中部的轉學生姬柊雪菜，漂亮程度誇張得讓人連嫉妒也沒力的美少女，而且不知為什麼，從轉過來以前就和古城關係格外融洽。在一部分學生的認知當中，似乎已經把她當成了古城的女朋友。淺蔥不太願意承認這項事實，但是她最近會方寸大亂，雪菜的存在肯定就是原因。

「我覺得淺蔥妳會比我更清楚理由……」

倫臉色不改，視線飄向國中部校舍又說：

「那個女生很可愛呢。她和曉的妹妹是同班同學吧？」

「好……好像是啦。」

倫看著掩飾不了動搖的淺蔥，溫柔地微笑。

「這套賽服雖然是特地準備的，但我不會勉強妳穿喔。假如妳想穿著已經在上午體育課變得滿是汗味的運動服和曉一起練習，那就照妳的意思吧？」

「才……才沒有汗味，再說我有記得用止汗劑……」

淺蔥聲音軟弱地反駁。倫什麼話都沒有回，揮了揮手便踏出腳步。

「那我也要去桌球場囉。淺蔥，加油喔。」

她帶著桌球組的同學們離開以後，教室裡只剩下淺蔥。

低頭看了攤在桌上的賽服，淺蔥焦躁地嘆氣。

「哎唷……為什麼我非得為了這種事煩惱！古城那白痴！」

5

實在搞不懂——這就是古城老實的感想。當然這是指他對淺蔥的觀感。

在矢瀨和倫的設計下，被逼著和古城湊成對出賽，淺蔥會火大是可以理解。但實際上，感覺她也沒有真的在發火。

上午難免鬧些脾氣的她到午休前已經恢復心情，和矢瀨等人也會普通地交談了。班上同學愛拿感情好的古城和淺蔥開玩笑，從國中時期就算是家常便飯。事到如今，古城也不覺得她還會介意這種事。

古城無法理解的是淺蔥對待他的態度。

有時候即使向淺蔥搭話，她也顯得亂疏遠一把的，可是她還會不停瞄著古城，整體而言顯得放不開。就算如此，好像也不是因為她心情不好。

最近淺蔥都是這副調調，常會冒出不合她本色的鬼祟舉動。

對了——古城無意間想到一點。

淺蔥的態度變得奇怪，剛好是在暑假結束的時候——

恰巧就是古城和雪菜認識的那陣子。

「——咦？曉你一個人？藍羽呢？」

看見古城來到體育館，同班的內田和他搭話。內田是個身材嬌小秀氣，即使穿著制服也頻頻被誤認成女孩子的美少年。

貼在內田身邊站著的是棚原夕步。個子高又好強的她，在內田面前就會像換了個人似的，露出乖巧可愛的模樣，是典型的戀愛中少女。

兩個人正要在體育館豎立的支柱上拉起打羽毛球用的網。明明只是如此，不知道為什麼，他們周圍瀰漫著讓外人難以闖進的親密氣氛。要形容成兩人世界或許也可以，總之有種讓人不想靠近的氛圍。

像這樣散發出濃厚情侶氣息的並不只他們，待在體育館裡的其他搭檔也一樣。練習發球之餘還貼著彼此的肩膀，不經意更會深情對望——不管當事人有沒有意識到自己正在調情，對孤家寡人的古城來說，看了就非常難過。

難怪淺蔥會生氣。古城自己找到了釋懷的理由，回答內田：

「淺蔥換衣服好像要花點時間，你們先練好了，我可以先做暖身操。」

「那我們就去練球囉。不好意思。」

古城朝開朗應聲的內田揮揮手，然後走到體育館外。

時間已經過了下午四點。天空開始有淡淡的夕色暈開，但是西曬強烈，悶熱得要命。

古城遊蕩於穿廊，想找個涼快點的地方，接著就在逃生梯平台上伸腿坐了下來。直接閉上眼的他仰頭一躺，於是——

「——學長？」

頭上傳來某個人傻眼似的說話聲。

熟悉的嗓音讓古城微微睜開眼皮。

映入眼底的是穿著深藍色長筒襪的修長雙腿。

古城嚇得坐起上半身，結果就和冷冷瞪著他的雪菜對上目光。雪菜似乎碰巧要從逃生梯下來。

「你在這種地方做什麼？」

雪菜掩著制服的裙襬問道。氣氛明顯有些誤會，古城慌忙搖頭，指著自己穿的體育服。

「就像妳看到的，我要練羽毛球……還在準備啦。我在等搭檔過來。」

「你說……羽毛球？不是籃球？」

雪菜愣了一下眨著眼。接著她忽然又用嚴肅的語氣問：

「學長說的搭檔，難道是女生嗎？」

「對，但我並沒有自願參加男女混合雙打賽啦。」

古城不知為何感受到被責備的味道，就開口辯解。

「我並不介意就是了。」

你有什麼愧對於心嗎？雪菜望著古城，彷彿透露出這種意思。

古城莫名覺得自己站不住腳，硬是換了話題。

「姬柊，妳來這種地方做什麼？這裡算高中部的校地耶。」

「……對喔。不好意思，學長。請問你知道啦啦隊的社辦在哪裡嗎？」

「啦啦隊社辦？高中部的嗎？」

「是的。凪沙找我過去，但我迷路了。」

雪菜口裡冒出的話讓古城感到納悶。彩海學園的啦啦隊是分成國中部及高中部各自活動，社辦也離得很遠。

「地方我知道，不過凪沙怎麼跑去高中部的啦啦隊那裡？」

「我們要試衣服，好像會跟他們借啦啦隊的裙子，所以……」

臉色蒙上陰影的雪菜虛弱地嘆了氣。她果然不太願意當啦啦隊女郎，即使如此，她還是老實地聽了吩咐去試衣服，很像她的個性。

就幫個忙吧——這麼想的古城苦笑著說：

「我帶妳去。那一帶的路比較複雜，我沒信心能說明清楚。」

「謝謝學長。可是練習擱著沒關係嗎？」

面對雪菜關心的表情，古城輕鬆點點頭。

「應該不要緊啦。反正淺蔥還沒來，來回又花不到五分鐘。」

「是藍羽學姊嗎……？跟學長參加雙打比賽的搭檔……？」

雪菜不知為何忽然停下腳步，語氣沉重地這麼問道。

古城沒來由地焦急著說：

「呃，是沒錯，但不是妳想的那樣。我沒有自願和淺蔥湊對參賽啦。」

古城快言快語地說起藉口。雪菜則用毫無情緒起伏的眼神望著他，嘖聲說道：

「我並不介意就是了。」

口頭上這麼說，雪菜的聲音卻顯得不太開心，讓古城聽了朝天空嘆了氣。

6

將雪菜送到啦啦隊社辦的回程路上，曉古城手裡握著奇蹟似從體育服口袋找到的零錢，順道去了販賣機區。

「可惡……總覺得整個人忽然就累了……」

從販賣機拿出來的紙杯裡，沒味道的碎冰找碴般堆得又滿又高，底下才微微透著含色素的碳酸飲料。你這機器搞什麼鬼啊？古城朝不抵抗的販賣機大發牢騷以後，坐在長椅上茫然望著夕陽。

差不多是淺蔥換完衣服到體育館的時候了。

要回到那個充斥情侶的粉紅色天地，坦白說他實在意願不高，但如果把淺蔥一個人擱在那種地方不管，之後麻煩可就大了。古城一邊咬碎冰塊一邊慢吞吞地起身，準備從校舍後側繞到體育館入口。

隨後——

古城原本坐的長椅突然像氣球灌飽氣般爆開了。

「……咦？」

碎散的木頭碎片飛來，掠過古城臉頰。即使如此，他還是不能理解發生了什麼事。

長椅爆開後的殘骸正以慢動作落向地面。本能察覺到危險，吸血鬼的神經細胞產生活性。短短一剎那的時間，在知覺中被拖長數十倍。眼睛與皮膚痛如火燒則是代價，變敏銳的感覺器官正因為直射下來的陽光而哀號。

不過，這份痛楚換來的超感官令古城得知有新的危險。

銀色閃光朝古城愣得無法動彈的腳邊疾速飛來。

身體在思考之前先有了行動。古城一頭衝向地面滾翻，萬分驚險地避開閃光。閃光的真面目是金屬製箭矢。具備銳利箭頭及箭羽的西洋箭矢，就扎在古城腳邊的地面。

「怎……怎麼回事！」

古城無法理解自己受到狙擊的事實，愕然望著插入地面的箭柄。

若是在視野不良的街區戰鬥，發射時沒有聲音的弓矢有時比槍械更具威脅性。

穿廊、逃生梯、校舍、屋頂、紀念樹的死角。光是朝四周簡略環顧一圈，射手可能潛伏的地點就多不勝數。不知是誰從何處發動攻擊，這種狀況令古城陷入些許混亂。緊接著——扎在地面的箭矢忽然迅速融化並改變形狀，彷彿失去吊鉤的窗簾，化成金屬薄板後靈活地伸展開來，又逐漸改換其形體。

膨脹彎曲成銳角的金屬板，變成了輪廓複雜的野獸樣貌。

那模樣令人產生聯想，彷彿有雙看不見的巨手摺紙似的將鋼板化為藝品。

「是……是隻狗？不對……是獅子！」

被灌注須臾生命的金屬板，有如野獸踏上大地並發出咆哮，充滿野性的動作好比正牌猛獸，無疑是咒術催生出的怪物。

開玩笑的吧？古城低聲驚呼的瞬間，鋼鐵之獸縱身跳躍。

古城又往地面翻滾，閃開了猛獸揮下的前肢。

鋼鐵製的獸腿不具厚度，尖銳鋒利有如刀械。稍不留神碰了它，似乎連骨頭也會斷開。

「這是要攻擊我嗎！為什麼——！」

古城猛喘氣的同時問道。野獸當然不回話，鋼鐵製的喉嚨只是威嚇般發出低鳴。

緊接著在心慌的古城背後，又有一匹野獸出現。踹開長椅殘骸現身的，是同樣由金屬板構成的狼。那恐怕是由最初射過來的箭幻化而成。

「不妙，這……這些傢伙是……？」

被鋼鐵化身的獅子與狼前後包抄，古城咬牙格格作響。

這些怪獸雖是以咒術催生出的虛假生物，敏捷度仍與真正的猛獸毫無二致。考慮到它們全身都以鋒刃構成，危險度反而高於野獸也說不定。

當然，只要古城解放自己的「眷獸」，應該一瞬間就能消滅這種程度的怪物。

但要是那樣做，彩海學園這座建築物恐怕也無法倖免。一個失手就會將全校學生捲入，連著學校消滅得蹤跡不剩。要對付這種程度的敵人，古城身為世界最強吸血鬼的能力是強大過頭了。

話雖如此，靠肉身又根本沒勝算。古城的體能在這種大熱天極端低落，如果遭兩匹野獸同時攻擊，這次真的會無法逃出生天。而且古城如果不小心受了致命傷，他的眷獸大有可能還是會失控。

該怎麼辦？古城在心裡問自己。然而在答案出現之前，兩匹野獸已同時縱身躍起。

直覺躲不了的古城倒抽一口氣。

「——學長！趴下！」

正在千鈞一髮之際，熟悉的少女嗓音響起。

立刻蹲下的古城頭上，有個東西颯然乘風劃過。

那是柄銀槍。被打造成戰機般俐落的姿態，全由金屬製成的長槍。疾風般飛射而來的那柄槍，將攻擊古城的鋼鐵雄獅刺穿粉碎。

「姬柊？」

擲出長槍替古城解除危機的是個嬌小的國中部女學生。那是才剛在社辦校棟前分開行動的雪菜。宛如迷人野獸般疾奔而來的她，順勢飛身出腿，踹開從背後撲向古城的鋼鐵狂狼。肉體鋒利如刀械的狼，從側面看就只是塊薄薄的金屬板。挨中雪菜強烈的迴旋踢，它頓時彈飛，隨著鏗然巨響陷進牆壁裡。

「『雪霞狼』——！」

雪菜抽出插在地面上的槍。動作行雲流水的她將銀色槍尖貫入鋼狼，一招就令狼軀輕易碎散。這幅光景已經稱不上戰鬥，看來純粹像在驅逐為害的野獸。

將古城逼上絕路的野獸，在壓倒性戰鬥力面前根本不算一回事。人們稱為獅子王機關的劍巫，這就是雪菜的原本面貌。

「你沒事吧，學長？」

雪菜舉起槍尖，毫不鬆懈地環顧四周問道。她身上穿的不是平時那套國中部制服，而是白底藍紋的啦啦隊服。

讓緊張感蕩然無存的嬌美模樣，使得古城渾身乏力地嘆了氣。

看不見的敵人似乎也中斷攻擊了。對方是無意將雪菜捲入，或者判斷出自己勝不了她？無論如何，肯定都是因為雪菜才會獲救。

「抱歉，讓妳跑來救我。可是姬柊，妳怎麼會知道要來這裡？」

古城起身拍掉全身塵土。

雪菜依然握著槍柄，心驚地背部僵住不動。

「對不起。是我用來監視學長的式神向我通報，有攻擊性咒力存在，我覺得在意才過來看看……」

「啥？監視？妳講的式神是怎麼回事？」

雪菜從興師問罪的古城面前別開目光，肩膀則一連打顫好幾次。

古城一語不發地望著她低下的臉龐，於是她抬起頭，還做作地咳了幾聲。她理直氣壯地挺起胸，表示自己沒做任何虧心事。

「——因為這是任務！」

「妳等一下！難道以往妳就是一直這樣盯著我的嗎！不只今天對吧！」

「我會保護學長的隱私，請放心。」

「誰能放心啊！」

古城搔著頭怒罵。他以為最近和雪菜變得融洽了點，才會疏忽到現在。但雪菜果然就是這麼一個認真過頭，更得到國家公開認可的跟蹤狂。

正因為不了解式神是以什麼形式運作，古城對於雪菜究竟把他的隱私掌握到什麼地步感到非常介意。總不會連洗澡上廁所都受到監視吧？儘管他並不希望這麼想，不過就算對方是個漂亮的女生，他也沒有以讓人偷窺私生活為樂的性癖好。

「不提那些了，學長。你有沒有想到是誰要攻擊你？」

又咳了一聲的雪菜問道。古城帶著苦瓜臉搖頭。

監視的事以後再跟雪菜追究清楚，總之當前的問題是有敵人要攻擊古城。

「對方針對的果然是我嗎？」

「這個嘛……不過這套術式，與其說是針對學長而來……」

雪菜自言自語般嘀咕，同時動手撿起自己摧毀的鋼鐵獸碎片——不具厚度而顯得廉價的金屬薄片。古城看了傻眼地低聲發問：

「……鋁箔？這玩意就是剛才那些怪物的真面目？」

「這也是式神。但原本是用來將書信送給位於遠方的收信者，應該不是攻擊性這麼強的術式才對。」

雪菜納悶地咕噥之餘，將撿來的金屬片折彎。折成像兩個三角形連在一起的形狀以後，她讓那東西輕輕浮到半空。看來雪菜是想折隻蝴蝶。

外形有如幼稚園小孩塗鴉的冒牌蝴蝶，乘著風輕靈飛舞了一陣，最後卻像力氣耗盡似的落在地上。看了那模樣，雪菜微微發出嘆息。

「似乎讓施術者逃掉了。我本來想循著咒力找出對方。」

「這樣啊。」

即使聽人說明詳細的原理八成也不懂，所以古城點頭隨口應了聲。簡而言之，大概就是反向偵測失敗了。既然用上雪菜的咒術也無法偵測，古城就沒有手段能追上犯人。

望著遭到破壞的長椅，古城不負責任地聳起肩膀，雪菜也灰心地嘆了氣。這樣的她，臉色忽然變得慘綠。

她注視的是體育館後面的腳踏車停車場。看似正要放學回家的兩名女學生，隔著鐵絲網朝古城他們指了過來，像是在談論什麼。

「……姬柊？」

「對不起，學長。『雪霞狼』被看見了，要立刻逮住她們將記憶消除——」

「等……等一下，姬柊！」

握著槍就要衝出去的雪菜，被古城連忙叫住。

「不用這麼做也沒關係啦！妳不必擔心！」

「為什麼你能這麼肯定？」

臉上失去從容的雪菜回過頭。遇上意外狀況就會自亂陣腳，是雪菜身為模範生最大的短處。古城一邊安撫氣沖沖的她，一邊冷靜地指出癥結所在。

「呃，妳穿著那套衣服，還用那東西揮來揮去，她們只是把妳當成愛玩角色扮演的怪咖女生啦。」

「唔……嗯……」

雪菜低頭看了自己的模樣，無話反駁沉默下來。

啦啦隊女郎的服裝，搭配外形具未來感的銀色長槍。看到國中生帶著這些行頭，絕對沒有人會認為是隸屬特務機關的攻魔師。被誤解成愛玩角色扮演，雖然讓雪菜臉上露出不滿，但她還是打消追上目擊者的念頭。

古城苦笑之餘，盯著雪菜喪氣的模樣問：

「欸，姬柊，妳這套衣服該不會是——」

「我是在衣服試到一半時跑出來的。請不要盯著我看。」

雪菜按著百褶裙裙襬，目光則往上瞪著古城。由於裙子偏短，稍微有點動作就會走光。

「呃，不過妳底下還穿了緊身短褲不是嗎？」

「就算這樣，學長也不准看。眼神感覺好下流。」

「喂，妳很沒禮貌耶。」

覺得自己被批評得毫無道理，古城撇了嘴。話雖如此，雪菜穿成這副難為情的模樣還是直接趕來救他，這時應該表示感謝才對。

「算啦，總之多虧妳才得救了。」

「不，因為這是任務。」

雪菜回話的語氣和平常一樣淡然。聽了預料中的回答，古城微微吐舌說：

「啊……還有，妳很適合這套衣服。」

「咦！」

雪菜的臉頰瞬間紅得像要爆炸。她心神不定地再次確認自己的服裝，露出彷彿又羞又怒的奇妙表情，接著才用幾乎聽不到的音量說：「謝謝。」看來她姑且還是覺得開心。古城望著她那說不出哪裡像隻小狗的反應，同時也在心裡感到有趣。

女生要是穿了和平時不同的衣服，絕對要記得稱讚——這是凪沙平時就掛在嘴邊的口頭禪。就古城來說，只是乖乖聽了這句吩咐。不過能看到雪菜露出這種表情，或許嘮叨妹妹的忠告也不是全然無用。

「剛才的摺紙玩意……妳說是用來寄信的法術對吧？」

當雪菜還在心慌，古城的目光已經停在地面。有東西混在飛散的長椅殘骸中，就掉在地上。看似調適好心情的雪菜點頭回答：

「對，應該是這樣。」

「既然如此，這東西可以當成是寄給我的嗎？」

古城說著撿起來的是一份用全新信封裝寄的書信。燙金的華麗信封用銀色封蠟封了口。

雪菜注意到烙在上頭的蠟印，臉色緊繃。

「這道蠟印……難道是……」

「姬柊？」

古城望著大為動搖的雪菜，疑惑地出了聲。

「這封信，妳看了是不是心裡有底？雖然我也覺得有點發毛……」

「是沒有錯……不過，怎麼可能會……」

雪菜說著緊咬住嘴唇。封蠟上烙的蠟印，是一道仿照蛇與劍刻出的圖徽。格調雖然高雅，造形卻有種說不出的詭異。

古城與雪菜一起低頭看著信封，同時也等她把話說下去。

「——古城？」

這時，忽然有人喚了他的名字。

有個同學聽到古城他們的聲音，從建築物後頭露出臉來。那是個容貌豔麗的女學生。古城跟雪菜頓時心驚地看了彼此。

「你在這裡鬧什麼？怎麼等都等不到你來練球，我才跑出來找人的耶。受不了，居然把我留在那種情侶樂園，你真是有種……」

「淺……淺蔥？」

古城會目瞪口呆，是因為對方穿的服裝出乎意料。

無袖的馬球衫，還有短得嚇人的純白運動短裙。羽毛球賽服就是如此，所以也沒什麼值得大驚小怪——不過，假如是官方正式比賽也就罷了，光為球類大賽的練習就穿成這樣，難免讓人懷疑會不會太暴露。

不知為何，淺蔥始終面無表情地望著杵在原地的古城和雪菜。

「……那封信是怎麼回事？」

「咦？」

被淺蔥平靜地問起，古城總算才掌握到事態有多嚴重。

在放學後的體育館後頭，避開他人目光私會的一對男女。

而他們手裡拿著的是封格外華麗的信。只要觀者有心，自然會看成是古城他們其中一邊正準備要把信遞給對方——

就客觀來判斷，這怎麼想都是青澀純真的告白場景。

「我該不會是打擾到你們了吧？」

淺蔥表情僵硬地問道，態度彷彿受了莫名刺激。

古城和雪菜兩人在同一時間猛搖頭否認：

「呃，不對。我和姬柊會在這裡碰面，是因為發生意想不到的事故，或者該說緊急狀況嗎？總之絕對不是我們正打算向對方送出或收下這封信，對吧？姬柊？」

「對……對啊。而且這套衣服是替班上同學們加油時要穿的，絕不是為了滿足學長的喜好才……」

他們明明是照實交代，為什麼會這麼缺乏說服力？連古城自己都覺得不可思議。被兩個穿著運動短裙的女生包圍，一般來想應該會更幸福洋溢才對吧？

面對古城他們一搭一唱的說詞，淺蔥正用平靜得詭異的目光注視。夠了——出口打斷的她長長嗜聲說：

「怎樣都無所謂，反正又跟我沒關係。」

她嫣然笑了出來。以外形來說完美無瑕，卻少了她平時的那種瀟脫。她的笑容欠缺感情而不自然。

她帶著這張人工般的笑容，轉身背對古城他們。

「我要回去了。」

「啊……喂，淺蔥……！」

古城的話留不住人，淺蔥的身影又被建築物遮住，看不見了。

淺蔥特意先離開，讓古城不由得受到打擊。完全被誤解了耶——他事不關己般這麼想。

「哎，可惡。那傢伙一定以為抓到我的把柄，又要拿遮口費當理由，逼我請客啦……是說，那傢伙怎麼會穿成那樣？」

對於淺蔥走得乾脆的原因，古城自己找到了解釋而抱著頭苦惱。

不知道為什麼，雪菜眼裡似乎帶有責備之意，還抬頭望著苦惱的古城。

「學長……」

她無力地嘆氣嘀咕。

7

男子待在鋼筋外露的空蕩房間一角。

研究室裡靜謐陰暗，只有風冷扇的聲音響起。室溫之所以低得連呼氣都會變白，應該是為了保護室內叢林般密布的電子迴路。

中央螢幕映出的是來歷不明的文字列。

他獨自瞪著那些文字，看似焦躁地不停咂嘴。接著——

研究室的分隔牆毫無預警地忽然打開了。

粗魯闖進室內的是詭異的三人組。

兩名穿黑色西裝的男子，還有身上禮服鑲滿荷葉邊的一名女性。她是個有著無邪面孔，形容成女童也貼切的女性。

男子轉身面對不該出現的入侵者，座椅因而吱嘎作響。

「你們是什麼人？這裡可是第Ⅵ級機密區域，除職員以外不能隨意進——」

他威嚇黑衣男子們，眼神有如地盤遭到入侵的猛禽。然而，威嚇的表情卻在中途僵住。因為他注意到黑衣男子身上掛著的身分證。

「——嘉納鍊金工業公司研發部槙村洋介，對吧？」

一名黑衣男子用缺乏抑揚頓挫的機械性嗓音問道。

他的身分證上印著五芒星，可兼做護身的簡易魔法陣使用。那是特區警察局攻魔部中，負責處理國際魔導犯罪的國家攻魔官徽章。

「槙村研究主任，這間研究所裡使用的資材被懷疑含有違反魔導貿易管理令的物品。我們要求你立刻公開所內全部的資料，並交出資材。」

「違……違反貿易管理令？」

被稱作槙村的男子額頭冒汗，從座位起身。

「等一下，有哪裡搞錯了！這裡研究的是古代文解析，而且也取得了管理公社的許可。你們只要去問總務部就會知——」

「我們先前已經拘留了克里斯多福．賈德修的一名部下。」

另一名黑衣男子拿出手銬，語帶威迫地宣告。槙村大驚，倒抽一口涼氣。

「依特區治安維護條例第五條，從現在起我們將拘押你。你的供述在法庭會有成為不利證據的情形，希望你謹言慎行。」

「唔……！」

黑衣男子抓著槙村的手，然後戴上手銬——讓人這麼以為的瞬間，沉沉一擊忽然招呼在黑衣男子身上。

相較於瘦弱而顯得缺乏力氣的槙村，黑衣男子體格魁梧，雙方的體重應該差了有四十公斤。可是，當手臂被抓住的槙村奮力一甩，摔飛出去的卻是黑衣男子。撞上旁邊樑柱以後，黑衣男子倒在地板，痛苦地發出呻吟。

在這段期間，槙村已變身結束。

全身膨脹的肌肉撕開白袍，扯斷金屬製手銬。如同某種爬蟲類可以靠情緒改變體細胞顏色，槙村也能照本身的意識讓細胞改換性質形態。獸人化，狼人。獲得猛獸般肌力和瞬發力的研究員，現在已成為可畏可怖的狂戰士。

另一名黑衣男子立刻拔槍對準槙村。開火動作訓練有素，射出的則是通稱「狼人殺手（Lycan Killer）」的銀鈦合金彈頭。然而槙村鑽過彈雨，將黑衣男子的手槍打落，然後順勢縱身一躍。他打算從開敞的分隔牆逃到外頭。

「果然是未登錄魔族……黑死皇派的贊同者嗎？」

目送著槙村逃亡的背影，身穿禮服的女性——南宮那月意興闌珊地低喃。緊接著，她靜靜地下命令。

「——亞斯塔露蒂，稍微蠻橫點也無所謂，制服那傢伙。」

「命令領受（Accept）。」

站到分隔牆前擋住槙村去路的，是個嬌小的藍髮少女。

淨白剔透的肌膚和水藍色瞳孔，左右完全對稱的端正五官。是個生物氣息幾近稀薄，猶如妖精的女孩。

她穿的服裝是背後鏤空大塊的連身圍裙洋裝。看她沒帶武器，獸人化的槙村猙獰地露出獠牙笑道：

「人工生命體（Homunculus）？妳以為這種小鬼擋得住我嗎——！」

「——執行（Excute）吧，『薔薇的指尖（Rododaktylos）』。」

下個瞬間，穿透亞斯塔露蒂的軀體而出現在她背部的，是一雙散發虹彩光芒的翅膀。衝擊波撒向四周，令研究室裡的空氣產生扭曲，濃密過度而具備實體及質量的魔力波動。在極近距離下承受其壓力的槙村，變得啞口無言。

「什……！」

從少女背後生出的翅膀，形貌變化成巨大手臂。為虹色鎧甲所覆的巨人手臂炮彈般揮出的拳頭，迎面痛毆在猛衝而來的狼人男子身上。

搗爛骨與肉的感覺，夾雜在渾厚衝擊聲之中傳來。

換成普通人就會當場斃命的威力。即使如此，被喚作亞斯塔露蒂的少女似乎已手下留情了。撞在牆面的槙村勉強保有原型，緩緩地癱倒下來。

「眷……眷獸？怎麼可能……為什麼人工生命體會使用眷獸……！」

大口吐出鮮血的同時，槙村更囈語似的呻吟。

低頭望著他的亞斯塔露蒂眼裡不具情緒，有如湖面平靜無波，然後用背後伸出的臂膀將槙村整個人制服住了。巨大手臂的真面目，就是名為「眷獸」且具備意識的魔力聚集體。

作為實體化的代價，這種來自異界的召喚獸會吞噬宿主壽命。除了不老不死的吸血鬼以外，若是由其他種族進行召喚，生命力立刻就會被奪取殆盡而導致死亡，堪稱窮凶惡極的使役魔。

不過，眷獸具備的戰鬥力相應地極為驚人。正是因為能使喚眷獸，吸血鬼在魔族當中最受畏懼。

能馴養眷獸的只有具備無限「負之生命力」的吸血鬼而已——

亞斯塔露蒂則是那唯一例外。「薔薇的指尖」是洛坦陵奇亞的殲教師為了某個目的而創造出來的人工眷獸。

身負重傷而無法維持獸人的楨村，在變回人樣後開始猛烈咳嗽。趁機衝向前的黑衣男子們在他脖子套上了金屬環。那是可以藉著微弱電流讓神經反應失常，以阻止獸人化的獸人專用拘束具。

「——不好意思，南宮教官。多虧妳才得救了。」

一名黑衣男子扶著折斷的右手對那月道謝。而那月攤開黑色蕾絲扇，優雅地搖搖頭說：

「用不著道謝，忙活的並不是我。」

她說著感到無趣似的哼了聲。儘管用詞高姿態，但是幼童般咬字不清的嗓音還有生來俱有的氣質，使那些話聽來並不像挖苦。被那月冷冷對待，黑衣男子們甚至還顯得開心。這都是出於那月的威嚴。

而這樣的她正望著散亂於楨村桌上的幾張照片。

照片上似乎是從某座古代遺跡出土的石碑。

石碑表面刻著的和研究室螢幕映出的訊息一樣，是無法解讀的文字列。不過，那些文字列光用看的，就能直覺理解到一件事。

寫在上頭的內容蘊藏著恐怖而危險的力量——

「黑死皇派特地從西域運來的走私品，就是這東西嗎……看來倒不像單純的骨董品……實物在哪裡？」

「——無法確認目標，推測已由本設施運出。」

亞斯塔露蒂聽了那月低語，平淡地回答。人工生命體少女用手指著的，是留在房間角落的金屬製運輸用收納盒。

那是下了好幾道咒術封印的特殊貨色，但封印早已被破除，裡頭空無一物。收納於其中的石碑，大概是被什麼人帶走了。

「這表示，我們晚了一步？」

那月不悅地自問之餘，仰望映在螢幕上的影像。

看來槙村是運用自己公司的研究設備進行石碑的解讀作業。但解讀目前仍不完全，可以讀懂的僅限部分單字。從中發現「納拉克維勒」字樣的那月，露出了嚴肅神情。

「怎麼會……你在想什麼？克里斯多福．賈德修……？」

始終聽著她們對話的槙村，倒在地上高亢地笑了起來。那是發願令世界毀滅的恐怖分子在狂笑。

8

曉古城走在夕陽照耀的濱海步道上。

在他旁邊，還有雪菜揹著吉他盒的身影。淺蔥突然失去興致，球類大賽的練習便不了了之，兩個人就這麼踏上回家的路途。

他們稍微繞了段路，要去自家附近的超市。代替參加社團活動而晚歸的凪沙買晚餐材料回家，是古城最近的日常功課。

「寄信人是奧爾迪亞魯公，迪米特列．瓦特拉……這誰啊？」

半路上，古城望著在體育館後面撿到的信封，困惑似的嘟噥。

結果鋼鐵式神所留下的信是今晚舉辦的派對邀請函。在停泊於絃神港的遊船上頭，似乎會舉辦某種大規模活動。

信封正面確實寫著曉古城的姓名，可是他不認識瓦特拉這號人物，當然更想不出受邀參加派對的理由。這封邀請函只給人不好的預感。

「奧爾迪亞魯公國是構成戰王領域的自治領地之一。」

雪菜語氣嚴肅地說明。這時候，古城他們正好抵達目的地超市。從自動門縫隙冒出來的冷氣開得夠強，涼風十分怡人。

古城將購物籃擺上從入口附近推來的購物推車，回問雪菜：

「戰王領域？」

「那是位於東歐的夜之帝國（Dominion）……第一真祖的支配地。學長應該知道第一真祖『遺忘戰王（Lost Warlord）』的威名吧？」

「名字姑且聽過。記得他是……率有七十二匹眷獸的吸血鬼霸王？」

過於非現實的頭銜，讓古城自己說出來都覺得傻眼。

畢竟要提到真祖級吸血鬼操御的眷獸，可是連一兩座都市都能輕易摧毀的正牌怪物。即使聽說對方能操御幾十匹那樣的玩意，也會因為規模太大而缺乏真實感，讓人心裡不免懷疑真的有那種生物嗎？

其實這麼思考的古城本身，才是讓第一真祖自認不如的世界最強吸血鬼——

「為了讓人類與魔族共存而締結的聖域條約，據說也是因為那位帝王願意協助才得以實現。假如不是那樣，剩下的兩名真祖應該就不會接受談判了。因為就算立場同樣是真祖，戰王領域的戰力依然壓倒性強大，是譽有盛名且最為古老的夜之帝國。」

像是要糾正缺乏緊張感的古城，雪菜談起第一真祖的恐怖之處。古城默默聳了肩。總之目前構成問題的，並不是「遺忘戰王」本人。

「……所以這個叫瓦特拉的，就是那個第一真祖的臣子囉？」

「理應是如此。因為在自治領地當君主，表示他是貴族，換句話說就是源自第一真祖的直系血族，屬於純血吸血鬼。」

「哦——」

古城照著凪沙寫給他的便條，將要買的蔬菜和水果陸續裝進購物籃。食材是三人份，包含古城、凪沙和雪菜的份。凪沙知道雪菜一個人住，硬是邀她：「在我們家吃過晚餐再走嘛。」持續幾次以後，結果就變成這樣了。

畢竟用餐時有伴能講話，凪沙都會很開心，雪菜肯接下聆聽的角色，對古城來說也是助益良多。而雪菜原本的目的就是監視古城，這對她而言也不是壞事。如此這般，三個人的想法兜在一起，結果雪菜在曉家用晚餐這件事，不知不覺中就變得稀鬆平常了。

「那種大人物來絃神島幹嘛？等等……這上面寫的洋蔥份量也太多了吧。」

「偏食不吃蔬菜是不行的喔。我想他的目的大概是要見學長耶。」

「該不會就因為我是第四真祖？」

「也沒有其他理由啊……不提那個了，學長，請不要偷偷把青椒擺回賣場。哎唷，你又不是小孩子。」

雪菜一邊嘆氣一邊把古城討厭吃的黃綠色蔬菜放回購物車。兩人的模樣就像恩恩愛愛過來買菜的新婚夫妻，但是古城他們並沒有自覺，反而還認為自己正在討論眼前嚴重的事態。其實關於古城和雪菜的關係，在這家店的店員及附近鄰居之間已經冒出各種風聲：「同居中？」「不是兄妹嗎？」「他好像還跟其他女生一起住喔。」「那該不會是三個人一起——」諸如此類的說法傳得煞有介事，不過當事人自然沒有發現。

「為什麼歐洲還是哪裡的吸血鬼，會知道我的名字……？」

古城再次確認邀請函的收信人姓名，嘴裡則不滿地嘀咕。

雪菜彷彿莫名感覺自己有責任，嘆氣回答：

「我想是先前洛坦陵奇亞殲教師那件事，讓他們察覺到學長的存在了。因為學長那麼轟動地燒掉整條街……」

「不是我燒的啦！那是眷獸擅自做的好事！」

「這我當然明白……可是，外界應該不會那樣認為耶。」

「可惡……就算這樣，我也沒理由要被那種像摺紙的玩意攻擊嘛。這傢伙是特地從海外過來找碴嗎？」

想起在學校遇上的鋼鐵猛獸，古城一臉不舒坦地低聲埋怨。當時雪菜趕來解救才勉強度過災難，要不然古城或許就讓眷獸失控了。明知真祖的眷獸是何等危險，對方用這種手法顯得頗為魯莽。

「這會是……宣戰嗎？」

雪菜說出聳動字眼。真祖身為夜之帝國支配者，就國際法而言，被視同一國的軍隊。不具自身眷屬及同胞的古城，基本上也不例外。

「說來並不是不可能，總之不試著交涉也沒辦法做什麼……」

「無論怎樣，我都只能應邀是嗎……？」

打開邀請函的古城望著字面，露出困惑表情。

雪菜眼尖地注意到他的反應，便納悶地抬頭看了他。

「學長？怎麼了嗎？」

「嗯，是啊……這上面好像寫著要我帶伴侶過去耶。」

「伴侶？」

雪菜貌似會意地點頭。

「這麼說來，歐美的派對大致上都是由夫妻或情侶一同出席。」

「……喂，忽然就出了道難題給我喔。那單身的人要怎麼辦？」

「那種情形，應該會拜託熟人來代替吧。」

「找人代替……就算妳這麼說……」

古城傷腦筋似的撇了嘴。既然條件是要找人來代替情人的角色，就必須找年齡相近的家人或好友，而且還得是異性才行吧——

「我總不能把凪沙帶去跟吸血鬼有關的派對，淺蔥又好像在氣頭上，再說也不能讓她們捲進危險的事情……」

「對呀。」

雪菜可愛地咳了一聲，然後望向古城。

「要找個知道學長真面目又能應對危險狀況的人才，我覺得不太有選擇的餘地耶。」

「對啊。」

顯得無奈的古城垂下目光，貌似不情願地嘆道：

「雖然把她扯進來是挺過意不去……就拜託看看好了。我去找那月美眉。」

「什……什麼？」

雪菜目瞪口呆地愣住了。古城沒察覺她的反應，搔著頭又說：

「恐怖的是之後八成要還一大筆人情，但這種情況又不能讓我挑三揀四……哎，被寶貝學生拜託的話，參加派對這種小事她應該肯賞臉啦。」

「……為什麼這時候會冒出南宮老師的名字呢？」

雪菜壓低聲音問道，表情變化雖然不大，但是字句間都傳來帶電般的尖銳氣息。不知道為什麼，她似乎生氣了。

「呃，因為那個人知道我的體質又有攻魔師執照，很適任吧？雖然外表太年輕了點確實是個問題啦。」

「可是知道學長的體質又具備攻魔師執照，就年齡來說也相配的異性，我覺得還有其他人耶。我覺得還有其他人耶。」

雪菜用冷淡口吻自言自語似的嘀咕。聽到這些話，古城終於也想通雪菜生氣的理由了。

「找妳也可以嗎？姬柊？這樣做會不會讓妳在獅子王機關產生問題？」

「沒辦法啊。像這種情況，我覺得對學長放鬆監視才會成為問題。」

像是掩飾害臊的雪菜冷冷說道。看她總算恢復心情，鬆口氣的古城露出苦笑。

「這樣嗎？不好意思。」

「不會，因為監視學長就是我的任務……啊！」

才打趣般說到一半，雪菜的表情忽然黯淡下來。

「姬柊？果然有什麼問題嗎？」

「是啊……或許這是個問題。我沒有可以穿去派對的衣服。」

雪菜咬住嘴唇，表情彷彿在鑽牛角尖。古城望著她的臉龐看了一陣，忍不住笑出來。對

著彎了身還笑得肩膀頻頻發顫的古城，雪菜一臉憤慨地猛瞪。

「學長為什麼要笑？」

「啊，抱歉。我是覺得，妳這樣簡直就像仙杜蕾拉。妳果然也會在意那種事啊？」

「……是喔，假如我是灰姑娘，學長扮的就是壞心眼姊姊囉。」

雪菜目光如冰地看著古城。古城內心受了些不起眼的傷，同時也回嘴：

「我不要求當王子，至少說我是魔法師好不好？」

「格林童話的灰姑娘故事裡，壞心眼姊姊後來好像被拔了指甲，還讓人砍斷腳跟、戳瞎眼睛呢。請學長也要小心。」

「……姬柊同學穿什麼都很可愛，所以沒問題的。」

古城全心全意地正色說道。儘管他並沒有打算客套，那些全算是真心話，然而——

「學長，你奉承得太明顯了。」

雪菜只是灰心地發出嘆息。她彷彿生氣地往前加快腳步，古城則推著購物車追在後頭。

買完東西，古城他們便各自捧著購物袋回家。

夕陽已經沒入地平線，城市開始被暮色籠罩。距離迪米特列・瓦特拉指定的派對開始時間，剩下三小時多一點。時間上已經不太從容。

「去商業地區（西嶼）的話，應該就會有出租衣服的店面，不過這個時間有沒有營業也很難說。

凪沙應該也沒有參加派對用的服裝，我想這下只能找那月美眉借了——」

「向南宮老師……借衣服嗎……我想那實在穿不下耶。」

雪菜將手湊在自己胸口低喃。如果要比較，那月確實比嬌小的雪菜還小上一圈，身高還有整體的骨架當然也是。

「呃，不過……」

「我說穿不下，學長有意見嗎？」

但妳們胸圍差不多吧？差點這麼說溜嘴的古城被雪菜一瞪就沉默了。他們倆在那種冰點般的氣氛下抵達公寓。隨後——

「這包裹是什麼？」

注意到信箱裡放的收據，古城歪著頭。宅配用的寄物櫃裡好像有包裹送到了。雖然想不出會是誰寄的，古城倒沒有特別感到疑問便打開寄物櫃。

放在裡面的是個扁平的長方形紙盒，尺寸雖大卻沒有多重。裝著炸彈之類危險物品的可能性看來很低。

不過看了上面寫的寄件人姓名，古城和雪菜都一臉愕然。

「獅子王機關？」

「怎麼會……他們為什麼要寄東西給學長？」

完全沒料到的對象寄了郵件過來，讓古城他們說不出話。

獅子王機關是日本政府為因應大規模魔導災害，以及恐怖行動而設的特務機關。

他們會派雪菜過來監視古城，也是為了保護國家安全——換句話說，那群人是將古城的存在視為國家性質的重大危機。

那樣一群人特地送了包裹給古城，想來實在不會是什麼正常的玩意兒。就連在獅子王機關擔任劍巫的雪菜，好像也沒有被知會過其中底細。

古城及雪菜臉色嚴肅地望著彼此，貌似下定決心後才將手伸向紙盒的蓋子。他們慎重地拆開包裝，屏著呼吸開封。

紙盒中有一塊具光澤的薄薄布料被細心摺好收在裡面，那明顯是塊質地上好的衣料。古城立刻起疑，擔心是不是有某種咒術蘊含其中。不過雪菜只是默默歪著頭，似乎沒有特別感受到什麼危險。

發現紙盒角落有包裹的郵件明細，古城伸手撿起。

這時，雪菜則是悄悄捏著布料一端，將整片布料拿起來。輕盈攤在眼前的是一件頗具份量的荷葉裙，折好疊在一起的附屬品窸窸窣窣掉下來。那些是附罩杯的襯衣和絲質內衣。

「這上面寫什麼啊……訂作的成套派對禮服？身高156公分，B76．W55．H78．C60……姬柊雪菜小姐，費用已付清……咦？」

「什麼？咦？啊……？」

讀完明細單所寫的數字以後，古城看了眼前忽然抬起頭的雪菜。面紅耳赤的她、她揪在手裡的襯衣，以及明細單上寫的神祕數字。古城來回看過那些，總算明白雪菜羞得肩頭發顫的理由。

尷尬的沉默降臨。坐立難安的古城認為繼續噤聲不是辦法，總之應該先鼓勵雪菜。於是他望著雪菜的胸口說：

「呃……C嗎？意外有料耶。嗯，我對妳刮目相看了。」

瞬時間空氣結凍。雪菜面無表情，渾身散發出殺氣驚人的波動。領會到自己失言，古城像屍體般僵得動不了。

「喪失記憶以前，你想說的只有這些嗎？學長？」

雪菜幽幽起身，握緊拳頭對古城問道。等等、靜下心、妳冷靜點——連聲喊停的古城拚命安撫她說：

「不要緊啦，姬柊。這件禮服有附胸墊在裡——」

話還沒說完，雪菜的腳跟已經重重踹在古城頭頂。按著頭呻吟的古城痛得失去意識，雪菜低頭看著他，鬧脾氣似的鼓起臉頰。

9

晚上九點多，古城換好衣服離開自己房間。

他穿在身上的是三件式晚禮服。這在獅子王機關送來的包裹中，和雪菜的禮服裝在一起。雖然不明白他們的目的，看來獅子王機關那些人是希望古城他們和「戰王領域」的貴族見面。

不明所以地遭到利用是不太愉快，然而他也沒有其他能穿去派對的衣服。衣服無罪──古城這麼告訴自己，繫緊領帶，一邊扣起背心鈕釦一邊走向玄關。接著──

「古……古城哥？那什麼啊？你那套衣服是怎麼回事？」

剛洗完澡的凪沙正好在客廳和古城碰上，頓時望著他瞪圓眼睛。

頭髮濡濕、臉頰微微泛紅，還滴著水珠的肌膚上只圍了浴巾，姿態毫無防備。用那種模樣在家裡遊蕩的妳才有問題吧？古城這麼心想，感覺有些傻眼地說：

「啊，其實我接下來要去打工。」

他說出事先想好的藉口。

凪沙愣了一瞬，然後吃驚地審視古城全身。

「打工？是和夜生活有關的工作？」

「我是幫工作過度而累倒的同學代班，只有今天晚上。那傢伙的爸媽留下一億五千萬圓的債就失蹤了，我要是不替他打工，他好像會沒辦法幫體弱多病的姊姊付醫療費。」

「這……這樣啊。」

古城自己也覺得這套藉口很牽強，不過凪沙似乎意外輕易地相信了。

或許晚禮服功不可沒。實際上假如不是在酒店打工，一般高中生應該沒什麼機會穿到這種玩意。

「那就沒辦法囉。但是，你不可以去做下流的事喔。」

凪沙臉色不安地警告。妳到底在擔什麼心啊？古城這麼想著，苦笑說道：

「好啦，不要緊，不會有那種事。抱歉，麻煩妳一個人看家。」

「嗯，我明白了……古城哥也要小心喔。」

在凪沙開朗地揮手目送下，古城到了外頭。

要欺騙妹妹並不是沒有罪惡感，但他不能坦白交代自己是去見戰王領域的吸血鬼，這也是無可奈何的事。來到公寓走廊，古城煩悶地發出自我厭惡的嘆息。

這時在古城身邊出現了有人悄悄貼近的動靜。

回頭望去，雪菜站在那裡。她大概聽見古城兄妹倆的對話，瞥向曉家門口，打氣般朝古城搭話：

「凪沙真是個乖孩子呢。」

「哎，也有人說，誇張的謊話比較容易被相……信……」

古城在轉向雪菜的瞬間講不出話來。

因為雪菜不同於平時的打扮，讓他看得入迷。

白底搭配藍色調的派對禮服，胸口露出度保守，相對的，肩膀到背部的剪裁卻相當大膽。輕薄料子讓雪菜的身材輪廓清晰透出，華麗的荷葉迷你裙底下則露著潔白結實的大腿。

不愧是訂製品，與雪菜合適得令人驚豔。清純、嬌憐，乃至於淡淡的美色，都從這套危險的衣裳透露而出。就連差不多看慣那份麗質的古城，都一臉傻呼嚕地瞧得如痴如醉——

「學長？」

雪菜起了戒心似的半瞇著眼瞪著忘我的古城。

「唔……呃。」

「這套衣服……我穿起來果然很奇怪嗎？」

「不會，根本沒那種事！咦！等等……幹嘛拿槍對著我！」

看著抵到眼前的槍尖，古城連忙收斂表情。依然舉著槍的雪菜反倒用冷淡的目光望著

他，責怪般開口：

「對不起。我感覺到有切身的危險，不自覺就這樣了。」

「這……這樣喔。」

察覺鼻腔有股刺鼻的金屬味，古城皺了臉。

儘管他不太有自覺，但現在的他是吸血鬼，而吸血鬼這個種族存在著一種麻煩的衝動，那同時也是他們名字的由來。

難以抵擋想將獠牙伸進別人頸子飲血的渴望——亦即吸血衝動。

而會扣下扳機，讓吸血衝動發作的則是性慾。看了雪菜現在的模樣，古城險些興奮得被吸血衝動奪走意識。雪菜應該是本能察覺到他的反應，才會抽出「雪霞狼」。這就是劍巫的靈視能力嗎？當古城如此佩服之際——

「——是學長太容易懂了。你的表情顯示出你正在想下流的事喔。」

彷彿看穿古城的心思，雪菜在絕妙的時間點嘆了氣說道。

「背後果然……開得太大片了，對不對？料子又好薄，裙身這樣也實在太短了。」

「方便活動不是很好嗎？演變成戰鬥時，總比被裙子礙事要好吧？」

「……像學長那樣滿臉色瞇瞇的，就算說的是正經內容……」

「我才沒有色瞇瞇。」

古城語氣不悅地嘟噥。雪菜微微聳聳肩，大概是想到了什麼，忽然稍稍掀起裙襬說：

「算了，反正啦啦隊借我的安全褲有派上用場。」

「原來是安全褲喔？」

差點不自覺探出身子的古城，失望得垂著肩膀咕噥。

「學長，你果然……」

「呃，沒有。我不是想偷看，不過要怎麼說呢？那套衣服配安全褲太詐了啦，有種夢想破滅的感覺。妳想嘛，薛丁格的貓就是不確定生死，才會抓住物理學家的心啊。」

「學長，我完全聽不懂你想說什麼，但是你對女生的裙底風光抱有不尋常的期待，唯有這點我深刻體會到了。」

「就說了別用槍對著我啦！」

被逼到牆際的古城一臉拚命地訴說。

「真是受不了學長……」

雪菜莫名無奈地嘆了氣，悄悄放下長槍。她將變形為收納形態的武器裝進腳邊的盒子。

她所拿的吉他盒並不是平時揹的那只黑色樂器盒，而是手提式的硬殼樂器盒，即使由穿著派對禮服的她拿在手上也不會不搭調，氣質就像準備前往交響樂團演奏會的古典樂手。她接著又問：

「這套衣服……真的不會奇怪嗎？」

闔上樂器盒的雪菜起身，目光忽然往上瞟著古城，細聲細氣地問。她難得會有這種像普通女孩子的舉動。

「不會，完全不奇怪。很適合妳。」

「這樣啊。」

聽完古城的回答，雪菜淡淡地點頭之後就直接走向電梯。在她盤起的頭髮下，頸子微微泛起紅潮。她似乎正偷偷地害臊。

注意到雪菜用來束起頭髮的髮飾，古城不覺歪了頭。十字架樣式的銀色髮夾。獅子王機關送來的包裹中並沒有那種東西。照理說幾乎沒有私人物品的雪菜會像這樣將飾品帶在身上，顯得相當稀奇。

「姬柊，妳那個髮飾——」

「咦……」

雪菜貌似吃驚地把手湊到頭髮，表情就像惡作劇穿幫的小孩。

「難道……這看起來怪怪的嗎？」

「不，完全不會。很適合妳。」

古城重複與剛才相同的台詞。這次雪菜也坦然露出開心的表情。

「這是我在高神之杜時，紗矢華……我的室友給我的。」

「室友？那個女生和妳一樣是劍巫？」

稍微被勾起興趣的古城回問。

高神之杜是雪菜直到上個月就讀的住宿制女校名稱。

然而其真面目則是獅子王機關旗下的攻魔師教育設施。雪菜身為劍巫的能力，聽說也是在那裡透過修行習得。以前和她一起住的少女會是普通人而與咒術無緣的可能性很低。

「紗矢華雖然不是劍巫，但她也是獅子王機關的攻魔師。」

雪菜說出古城意料中的答案。不知道為什麼，她介紹得有些得意。

「她比我大一歲，所以現在已經離開高神之杜，開始執行正式任務了。」

「哦……妳和她感情很好啊。」

古城的嘀咕讓雪菜略顯赧色地點頭。

「對啊，我把她當成親姊姊。她又漂亮又可愛，性格也討人喜歡，還很溫柔，是個讓我驕傲的室友。」

「我有點想見她耶。」

古城無意間冒出感想。在這個瞬間，雪菜的表情忽然蒙上陰影。她再次摸了髮飾，低聲告訴古城：

「學長也許不要和紗矢華見面比較好……我想她可能會要你的命。」

10

奧爾迪亞魯公——迪米特列．瓦特拉的遊船停泊於港灣地區的大棧橋，是一艘遠遠看去仍異樣醒目的豪華船隻。

派對的開始時間是晚上十點。看得見大批受邀的客人正走上舷梯，進入船內。

「……深洋之墓（Oceanus Grave）……？真是品味奇怪的名稱。」

仰望著船身所刻的船名「Oceanus Grave」，古城傻眼地嘀咕起來。然而與不吉利的名稱恰好相反，由燈光點亮的船體正朝著夜空顯耀其宮殿般金碧輝煌的英姿。

「說那是個人財產……戰王領域的貴族到底多有錢啊？」

「我覺得用這種方式來誇示權力，也是對方的目的之一。」

雪菜用冷靜的口吻解說。

「雖然吸血鬼無法跨越海洋的說法純屬迷信，但他們的能力在海上會受到限制仍是事實。而夜之帝國的貴族光是冠冕堂皇地搭船過來，就能對訪問的國家造成示威效果。哪怕他們搭的並非軍艦，而是純粹的民間船隻。」

「哦……所以他不是單純喜歡搞排場囉？」

古城沒來由地心情變沉重之餘，再次仰望藍白色船體。

它是民間船隻。「深洋之墓」並沒有武裝。然而，這艘船的主人是吸血鬼中的貴族，他所召喚的眷獸戰鬥力甚至能匹敵噸位最高的航空母艦。換句話說，絃神島眼前等於有一艘夜之帝國的軍艦，情況危在旦夕。

也許正因如此，搭上「深洋之墓」的人們大多是在新聞等處可以看見的面孔，諸如政壇大老和財經界巨頭，都屬於政府和絃神市的顯要人物。

既然派對是由戰王領域的貴族主辦，隆重到這般地步應該也沒什麼不自然。不過——

「——只有我們格格不入耶。」

跑來這種場合真的好嗎？如此猶疑著感到不安的古城發出咕噥。

仔細一想，這封邀請函也有可能是什麼人為了騙古城他們才寄的假貨。畢竟邀請函是在那種狀況下送達，古城所感到的不安倒也未必毫無根據。

不過雪菜傻眼地抬起頭，望著擔心那些的古城說：

「不，第一真祖的使者來拜訪這座島，首先該問候的對象就是支配這塊土地的第四真祖。學長是這場派對的主要貴賓喔。請你舉止大方一點。」

「就算妳這麼說，我哪管得了。我只是普通的高中生啦！」

古城軟弱無力地反駁。是周圍的人擅自將他當成真祖，古城本身在短短幾個月前還只是個普通人。被帶來這種不搭調的地方，他不可能明白什麼才是合宜的舉止。

檢查完邀請函，進到船內，格格不入的感覺又更深了。明亮璀璨的燈光、豪華豐盛的料理、群聚在這般會場的有頭有臉大人們。有古城這種小伙子走動，也只會被人看作路旁的小石頭對待。

「所以……把我們找來的主使者在哪裡？」

環顧著讓自己待不住的會場，古城低聲問道。

供作會場的大廳寬廣得讓人不覺得是在船當中，造訪的來賓更不下五百人。未曾謀面卻要在其中找出第一真祖的使者，並不是那麼容易。

不過相對的，從搭上這艘船以後，古城就一直體會到奇怪的感覺。

這與籃球比賽開始前的亢奮感類似。恐懼與欣喜、危機感與亢奮感彷彿全部化為一體，成為令人舒暢的緊張感。察覺到擁有強大力量的同胞接近，全身的神經正逐漸變得敏銳。古城身為吸血鬼的「血」——棲息於其中的眷獸們，都預感到將遭遇強敵而心情沸騰。

這股亢奮告訴他，「戰王領域」的貴族肯定就在附近。

「在上面。奧爾迪亞魯公恐怕是在外面的上層甲板——」

像是為古城的預感佐證，雪菜仰望頭頂說道。藉著劍巫的靈視能力，她應該也和古城一樣，察覺到迪米特列·瓦特拉的所在之處了。

「上層甲板嗎……我們該怎麼去？」

「走這邊，學長。」

雪菜指著大廳角落的樓梯，走在滿是賓客的通路。

她回過頭，朝連忙想趕上的古城伸了手。古城並沒有感到任何疑問，打算回握那隻手。

銀色光芒伴隨著殺氣朝古城掃落，則是在隨後發生的事。

「——喝！」

「唔喔！」

古城立刻縱身退後，磨得尖銳的餐叉尖端掠過眼前。

握著餐叉的是年輕女性。身高看來近一百七十公分，但還是個十幾歲的少女。栗色長髮與白皙肌膚，吸引目光的婥約臉孔。苗條修長的身材，與旗袍風服裝十分搭調。

「失禮了。我不小心手滑。」

長髮少女說道，態度顯得別無反省之意。火從中來的古城瞪著她問：

「我倒務必想請教看看，是怎麼樣手滑才會讓妳用叉子對著別人的手臂揮過來……話說妳剛才應該連聲音都吆喝出來了吧？」

「都是因為你想用流露出下流性慾的手碰雪菜，曉古城。」

「什麼……！」

少女知道古城的名字，讓他驚訝得瞇了眼。仍反手握著餐叉的她，正冷冷地瞪向古城。那種氣質雖然和剛認識的雪菜類似，但對方遠比雪菜具有攻擊性。感覺只要露出一點破綻，她二話不說就會攻過來。

「妳是什麼人？」

古城感到困惑，向少女發問。周圍的派對客人們也察覺到氣氛非比尋常而鼓譟起來。雪菜趕回來則是隨後的事。

「──紗矢華？」

在古城與對方互瞪時闖進來的雪菜，訝異地叫了長髮少女的名字。

瞬時間，名叫紗矢華的少女展露出劇烈變化。宛如堅硬的蓓蕾綻放開來，豔麗的笑容漫上了整張臉，原本渾身散發的殺氣波動也轉變成滿懷溫柔愛意的氣息。

「雪菜！」

長髮少女使勁將雪菜抱了滿懷，看來簡直像奇蹟性重逢的和睦姊妹。束成馬尾的頭髮有如小狗開心擺動的尾巴。

「好久不見耶，雪菜，妳過得好嗎？」

「好……好啊。」

突然和對方再次碰面，雪菜似乎顯得有點不知所措。給人的印象則是比起為重逢而高興，驚訝的感覺反而更強。不過名叫紗矢華的少女根本就不管雪菜有什麼反應，還將自己臉頰貼在雪菜脖子上說：

「啊，雪菜，雪菜，雪菜……！我不在時，監視什麼第四真祖的任務居然被推到妳身上，妳好可憐！獅子王機關的執行部怎麼會這樣摧殘我的雪菜呢！」

「那……那個……紗矢華……？」

「可是啊，已經不要緊了。這個變態要是敢碰妳一根手指，我會立刻將他抹殺。無論是就生命活動或社會地位的意義都一樣──」

「呃……紗……紗矢華……那實在太過火……不要。」

「喂。」

古城朝紗矢華緊黏雪菜而滿是破綻的後腦杓劈下手刀。紗矢華痛得「呀！」叫出聲，害怕地猛退幾步。

總算從紗矢華懷裡解脫的雪菜則貌似鬆了口氣，繞到古城背後。

紗矢華按著被揍的後腦杓，惡狠狠地瞪了古城說：

「你做什麼啊！不要碰我，第四真祖！不對，變態真祖！」

「妳叫誰變態！不要特地改口！『第四』和『變態』又沒有像到會讓人講錯！」

古城齜牙咧嘴地罵了回去。紗矢華則是沒好氣地哼聲說：

「對啦。是我失禮了，大變態真祖。總之希望你不要接近半徑五公尺以內，這樣才能避免讓雪菜和你吸到一樣的空氣。還有，也把你那下流的眼珠子挖個兩顆下來。被你這種人看著，雪菜會被玷汙的。」

「鬼才會挖！妳這個人是怎麼回事？忽然就冒出來自言自語。」

「別靠近我，噁心！」

紗矢華威嚇似的將餐叉抵向古城，開口大叫。

這女的真沒禮貌——古城憤慨地如此想著，轉向雪菜問：

「記得紗矢華這個名字就是姬柊妳剛才提過的前室友對吧？」

「……是的。」

雪菜仰望著古城，感覺有些慚愧地點點頭。紗矢華像是要打斷他們倆，從旁插話：

「我是煌坂紗矢華，獅子王機關的舞威媛。傻古城。」

「我叫曉．古．城。妳不要故意裝口誤！」

古城也忍無可忍地回嘴。

不可思議的是儘管鬧成這樣，派對會場的客人們卻顯得不以為意。看來是雪菜偷偷用了咒術驅離閒雜人等。

「舞威媛是什麼？和劍巫不一樣嗎？」

古城再度問雪菜。雪菜微微搖頭回答：

「這兩種職稱都屬於攻魔師，不過修練的本領不同。」

「本領？」

看古城皺了眉，紗矢華一臉得意地解釋：

「舞威媛的真本領在於詛咒及暗殺。換句話說，抹殺你這種對雪菜糾纏不休的變態，正是我的使命。」

「我才沒有糾纏她！要說的話，我才是被糾纏的人！」

「你耀武揚威什麼！我可不會覺得羨慕！」

「我說這些不是要讓妳羨慕！」

古城和紗矢華怒氣沖沖地敵視彼此。雪菜捂著眼睛，無力地搖頭說：

「不過，紗矢華，妳怎麼會過來？之前妳是在外事課，負責處理多國籍魔導犯罪吧？」

「現在還是喔。我是因為任務才來這座島。」

溫柔得判若兩人的紗矢華回答。雪菜訝異地瞇起眼睛。

「任務？」

「和妳一樣啊，雪菜。我接了監視吸血鬼的工作。監視奧爾迪亞魯公，不讓絃神市的市民暴露於危險中，就是我的任務。現在我則是受他所託，過來為你們領路。」

聽完紗矢華隨口說明，古城才總算釐清事態。

如同雪菜來絃神島監視古城，紗矢華也獲命監視瓦特拉，搭上了這艘船。這是為了如果瓦特拉造成危害能將其抹殺。

話雖如此，她忽然想用餐叉刺古城的行為倒還是無法獲得解釋——

「夠了。既然這樣妳就快點帶路。」

「不用你說，我也會帶你們去。所以麻煩你快點去死。」

「誰要死啊！」

古城一邊不耐煩地回嘴一邊跟隨紗矢華爬上樓梯。走在最後面的雪菜擔心地望著他們。

看著紗矢華端麗的背影，古城無奈地發出嘆息。

她說自己受了瓦特拉之託，過來帶古城和雪菜到他身邊。

倘若如此，在白天送上邀請函還順便讓式神們攻擊古城的，應該就是她了。那並沒有什麼特別的用意，純粹是向古城找碴而已。

這麼看來，紗矢華好像對雪菜懷著深如姊妹的感情。而在她眼中，古城自然成了讓寶貝雪菜遭受危險的邪惡吸血鬼。

這下要是古城吸過雪菜血的事情穿幫了，光想像紗矢華會有什麼反應都很恐怖。她說不定會來向古城索命。雪菜如此擔心的念頭相當能讓人理解。

然而對古城來說，真正的威脅並非紗矢華。

古城的「血」越來越亢奮了。他體內的真祖血液正告訴他有力量強大的吸血鬼接近。

對方的真面目及用意，古城一概不明白。據說真祖之間訂有休戰協定，但公認理應不存在的第四真祖想來並不適用該項協定。依交涉內容而定，最壞的情形下也有可能當場開打。

戰王領域的貴族，屬於真祖直系的純血吸血鬼。儘管力量不及第一真祖，還是可以想成具備相近的戰鬥能力。

相對的，古城即使被稱為第四真祖，卻幾乎無法運用其能力。要正面交手幾無勝算。

古城再次感到不安及困惑，來到遊船的上層甲板。

以漆黑海洋及夜空為背景，站在廣闊甲板上的是一名男性。

身披純白大衣的俊美青年，身材挺拔又秀氣，不具威迫感。

青年甩著金髮回頭，用蔚藍眼睛看了古城。

剎那間，他的全身被純白的閃光包覆。

「——學長！」

最先反應的是雪菜。她從樂器盒中抽出長槍，打算衝到古城跟前。紗矢華也跟著採取掩護雪菜的行動。這是轉眼間發生的事。

然而，即使機靈敏捷如她們，也提防不了純白閃光。

大衣男子散發的光芒，真面目是光燦閃亮的炎蛇，籠罩著灼熱能量的吸血鬼眷獸。星流霆擊般施放而出的那匹眷獸，讓古城完全無法反應。他連發生了什麼也不懂。

「唔喔……！」

有反應的並非古城，而是棲息於古城「血液」中的眷獸。古城全身被眩目電光包覆，並且釋放出落雷迎戰炎蛇。

第四真祖統有的十二匹眷獸之一，同時也是古城唯一能像樣操控的眷獸「獅子之黃金(Regulus Aurum)」搗下雷霆重鎚，代替發呆的宿主將敵人的攻擊擋下。

如果胡亂解放，別說是這艘船，連周圍一帶的港口都難保不會被摧毀的巨大力量——然而，如同天災那般的獅形眷獸，這回似乎還懂得適可而止。

純白的炎蛇消滅，同時古城的閃電也失去形跡。

「好險……！這是搞什麼？」

甲板烤焦，空氣升溫。巨大魔力彼此衝擊的餘韻，讓終於回神過來的古城驚呼。這時，稀疏掌聲忽然響起。

掌聲的主人就是穿白色大衣的男子。明明是他先對古城出手，攻擊被擋下反而讓他喜形於色。

「哎哎哎，漂亮。靠這種程度的眷獸，果然傷都傷不了你。」

男子說得悠哉，無邪嗓音缺乏緊張感。

古城依然壓低重心，瞪著男子。

對方的輕浮態度背後潛藏著巨大力量。無意識間察覺到這點，古城的肉體發出警告。炎蛇不過是他力量的冰山一角，假如他認真解放眷獸，究竟「獅子之黃金」能否徹底擋下就不得而知了——

體會到這種戰慄，古城凝視接近而來的對方。

但是男子接著採取的行動卻出乎古城意表。

他在古城面前單膝跪下，恭敬地行貴族之禮。

「方才試探尊駕雄威，多有冒犯，謹在此奉上由衷歉意。吾名為迪米特列・瓦特拉，受封於吾等真祖『遺忘戰王』而獲賜奧爾迪亞魯公之位。今夜得迎尊駕，實乃甚幸——」

他這段致詞說得太漂亮，讓古城亂了陣腳。

握起銀色長槍的雪菜還有紗矢華，都目瞪口呆地愣在當場。

「你就是迪米特列・瓦特拉……？把我找來的主使者？」

古城沙啞地問道。

心喜的瓦特拉微笑著抬頭。那是一副同時具備親切及狡猾的使壞微笑。

「先讓我說聲『幸會』吧，曉古城。不對，『焰光夜伯(Kaleido Blood)』——我心愛的第四真祖啊！」

瓦特拉說著愛慕般注視古城，接著張大臂彎，彷彿要將古城迎入懷裡。果然變成這樣啦？這麼想的紗矢華搖搖頭，雪菜則愕然無語。

「……咦？」

古城無法理解對方話中的含意，軟軟地發出咕噥。

就某種層面而言，這就是「第四真祖」曉古城還有奧爾迪亞魯公迪米特列・瓦特拉之間的命運性相會。

11

『咦？然後妳就逃回家了？』

電話的另一端傳來青梅竹馬傻眼的發問聲。

原本躺在床上的淺蔥有些火大，粗魯地跳了起來。

時間將近凌晨十二點，在已經看慣的家裡。身上穿著貼身背心搭內褲，是不太能見外人的模樣，洗完澡還留有水份的頭髮裹著浴巾。

「我……我又沒有逃跑。那只是因為當時我有點火大，應該說狀況變得很蠢，我不想理他們啦。」

在電話中陪著講了許久的是矢瀨基樹。由於相處時間太久，彼此之間產生不了戀愛的感覺，不過倒是個可以把話挑明輕鬆聊的珍貴朋友。本來打這通電話是想和他抱怨球類大賽的事，話題卻在不知不覺中變成了對古城的牢騷。

『國中部的轉學生會穿上啦啦隊服出擊，這點確實是失算啦，不過妳也穿了運動短裙，戰力上不是五五波嗎？就意外性來說，也許妳還比較占優勢啊。』

「戰力……？你到底在說什麼？」

聽了矢瀨揶揄的口氣，淺蔥不耐煩地反問。這個嘛——如此接話的矢瀨想了一下才說：

『兩個女人間賭上古城所有權的無情義之戰？』

「你弄錯了啦。古城要和誰交往跟我又沒……沒關係。」

『在我看來可不像妳說的那樣耶。』

矢瀨用了怪認真的語氣說道。你很煩耶——如此回嘴的淺蔥壓低音調。

「我是看那個笨蛋偷偷摸摸的不順眼。他要和那個叫姬柊的女生交往，那就光明正大去交往啊。他連我們都瞞才讓我覺得火大嘛。這樣不是很見外嗎？」

徵求附和的淺蔥說得理所當然，不過矢瀨卻回了意外的話：

『不就是因為他們真的沒有在交往嗎？』

「咦？」

『畢竟古城要是真的只把妳看成普通朋友，和姬柊交往這種事情，他就沒有理由當作是祕密吧？』

矢瀨意外有邏輯的發言，讓淺蔥不情願地接受了。

「嗯……也是啦。他反而會炫耀才對。」

『說是這麼說，我也不覺得他有足夠的心思同時顧兩個女生。』

「呃……他不會有。那種心思他沒有。」

這次連淺蔥都馬上附和。對吧？矢瀨又得意地繼續說明：

『所以說到底呢，古城還是沒有理由要瞞著我們和姬柊交往。可是，他卻擺著一副像是在做虧心事的臉，和姬柊兩個人偷偷摸摸行動……』

「嗯。」

『這樣的話，可能性就一種。』

「……哪種？」

『那個轉學生手裡握有古城的什麼把柄，肯定沒錯。』

「嗯……咦？把柄？」

矢瀨這段超乎預料的推理，讓淺蔥啞口無言了一陣子。可是，矢瀨又語氣認真地說：

『我想想……比如他有丟臉的祕密被發現了，才會受到威脅……妳有沒有什麼頭緒？』

「這麼說來……那傢伙和轉學生在一起時，舉動確實很可疑耶。」

回想古城最近的態度，淺蔥發出咕噥。儘管全是些不愉快的記憶，假如那些行動是受到姬柊雪菜威脅的結果，有許多部分就能坦然理解。這麼想來，雪菜自己也說過她是負責監視曉古城的人——

『喏？對吧？』

矢瀨在電話另一邊發出得意的聲音。淺蔥心裡感到說不上的惱火問道：

「所以，你是要我怎麼辦啦？」

『這個嘛……總之妳就和她對抗，試著誘惑古城怎麼樣？』

「啥！誘……誘惑？我為什麼要……？」

矢瀨不負責任過了頭的台詞，讓淺蔥慌張得回嘴怒罵。但語氣始終認真的矢瀨又說：

『喂喂喂，利用美色是收集情報的基本伎倆吧。就是所謂的美人計啊。』

「基樹……總覺得你似乎玩得很樂耶。」

『不不不，妳說這什麼話。我可是為了重要的青梅竹馬，不同以往地認真動著腦筋耶。古城也包含在內啊，既然那傢伙有煩惱卻沒人能商量，身為朋友自然會想幫忙嘛。』

「對……對喔。我是把他當朋友關心，完全只是當朋友關心。」

淺蔥明白矢瀨打著歪主意，可是被他搬出這種說詞，要反駁也很困難。但即使要用美人計，照她和古城之間的關係，該怎麼做才能將對方拐進那種情境呢？淺蔥不知如何是好。假如輕輕鬆鬆就能勾引那個遲鈍男，淺蔥也不會這麼辛苦了。

『好啦，差不多是我該打電話給緋稻的時間了，這件事下次再聊。』

矢瀨忽然這麼說，單方面將對話打住。矢瀨提到的緋稻是在暑假前和他開始交往的年長女友。

「欸……我還沒說完……你喔，對重視的青梅竹馬是用這種態度？」

淺蔥強烈抗議，但電話已經被掛斷了。她粗魯地將自己的手機甩到床上。

「受不了，每個人都一樣……」

淺蔥嘀嘀咕咕地抱怨，坐到書桌前。滿出衣櫃的衣服、雜誌、化妝用品和些許布娃娃。淺蔥的房間就像稀鬆平常的女生房間。

然而，只有角落的這張書桌周圍不同。呆板的業務用螢幕，再加上機架式的平行電腦叢集。等級媲美小有規模的資訊科技公司或大學研究室的電腦，被隨興地排放在書桌。這幅光景，有種說不出的超現實味道。

儘管只有少部分的朋友知道，不過淺蔥的特長是電腦程式設計。當然淺蔥自己並不會提起，但她是一名駭客，還被人用「電子女帝」這種汗顏至極的綽號稱呼。兼顧個人興趣及實際利益，淺蔥也會從絃神島內的公司企業或人工島管理公社那裡接下高額薪水的工作。

話雖如此，淺蔥今天沒有工作的心情。總之築島倫要是還醒著，就找她發發牢騷——這麼想著的淺蔥啟動通訊軟體，忽然發現有封陌生的郵件。

寄件者的郵件位址是來自嘉納鍊金工業公司。淺蔥也接過幾次工作委託，那屬於絃神市內的大行號。

然而，這並不是委託工作的郵件。上頭寫著的訊息只有一句：

「尋求解讀——」

「這什麼啊？雖然感覺也不像病毒郵件……」

淺蔥偏著頭，將隨信附加的資料開啟。

結果顯示出來的是來歷不明的奇怪文字列，複雜得嚇人的語言體系，具破綻的邏輯陣列，與以往曾存在於地球上的任何民族語言都不同，卻也不是用於魔法或咒術的咒文。即使動用所有語言學家或魔法師團體，要解讀這些大概還是有困難。不過——

「解謎？敢和我鬥，很有膽量嘛。」

哼哼——面帶愉悅地這麼呼了氣，淺蔥又重新面對螢幕。

身為駭客的直覺正告訴她，這不是為了人類而存在的字串，所以從普通語言學的門徑絕對無法解讀。

這是為了人類以外的東西而創造的語言，用於操縱未知特殊結構的命令系統——它是一套程式。

逃避麻煩的現實兼發洩悶氣，加上純粹求知欲的驅策，淺蔥開始埋首於解讀文字列。怪異的文字遭到解體，翻譯過的文字顯示而出。

「『納拉克維勒』……？」

望著螢幕上浮現的單字，淺蔥淡然嘀咕。

紘神市「魔族特區」的夜越來越深——

第二章　悚懼的胎動

Revelation Of The Terror

1

能俯望海洋的公寓其中一室。沐浴著窗邊流瀉進來的晨曦，曉古城醒了。

「古城哥！哎唷，古城哥！」

代替鬧鐘在耳邊響起的，是凪沙比平常尖銳五成的嗓音。

早就換好制服的她硬是拉開古城房裡的窗簾，再從因為陽光直射而想落荒逃跑的古城身上一把搶去毯子。

「天亮囉，起床了啦。會遲到喔。你的早餐要怎麼辦？啊，你又自己把鬧鐘關掉了。課本有沒有帶齊？作業呢？衣服也脫了亂丟……咦？這什麼啊！這套晚禮服怎麼會燒焦？」

「抱歉，凪沙……再讓我睡三十秒就好。」

古城趴著把臉埋進枕頭裡，低喃的聲音既沙啞又靠不住。

結束和迪米特列．瓦特拉的會面，古城他們回到家是深夜三點過後。無論怎麼想，睡眠都不會足夠。而晚禮服燒焦當然是瓦特拉的攻擊所致，那也使疲勞雪上加霜。

「古城哥，我剛才就說過了不是嗎？哎唷，真的遲到我也不管你喔。」

聽得見凪沙死心地發出嘆息，然後走出房間的動靜。

用搶回來的毯子蓋住頭，古城鬆了一口氣。聽著妹妹腳步聲遠離，他在腦袋裡昏昏沉沉回想起來的，是昨晚與瓦特拉的對話內容。

「——剛才的氣息是『獅子之黃金』呢……哦——沒想到特地來確認普通人類吞了第四真祖的傳言，倒也沒有白走一遭。」

忽然就對古城出手攻擊，戰王領域的貴族話裡卻不顯愧疚。

遊船「深洋之墓」廣闊的上層甲板。任夜風撫弄大衣下襬，他面帶愉悅地笑著。

「……你知道『獅子之黃金』……？」

古城困惑地瞪著瓦特拉那副甚至顯得純真的笑容。

儘管外表像二十出頭的年輕人，卻是如假包換的「舊世代」吸血鬼。他們是活得比外貌所能想像的時間還要長上好幾倍的怪物。理所當然的，他擁有的記憶份量遙遙凌駕於古城。瓦特拉應當擁有許多古城不了解的知識，而這一點在關於第四真祖——意即與古城本身相關的知識這方面，恐怕也不例外。

「它是『焰光夜伯』奧蘿菈．弗洛雷斯緹納的第五號眷獸吧。聽說是個難以管控的凶暴傢伙，但你成功馴服它了不是嗎？看來靈媒的血十分令它滿意呢。」

聽著瓦特拉淡淡道來，古城不吭聲地皺起臉。上一代的第四真祖，「焰光夜伯」奧蘿菈．弗洛雷斯緹納——這個詞的字音會攪亂古城心靈，造成難以忍受的頭痛。

對於過去應該在某處見過面的她，古城只能回想起片段。宛如詛咒的牢固封印奪走了他的記憶。

「你和奧蘿菈……是什麼關係？」

古城一邊忍著原因不明的劇烈頭痛一邊問道。

瓦特拉作戲般將手掌湊在自己胸口，面帶懷念地瞇起眼睛。

「我一開始沒說嗎？我愛著她，發誓會對她付出永恆的愛。」

「發誓愛她……等等，你不是第一真祖的眷族嗎？」

「是啊。不過我們的真祖是不太會介意這種事的吸血鬼。」

瓦特拉說完笑著露出白色的犬齒。

「重要的是『血』強大就好，與先祖是誰無關，強大的血族才會存活下來。吸血鬼就是這種生物吧？因此何不讓我們卿卿我我地談情說愛呢？曉古城？」

「慢著慢著，為什麼會變成這樣！」

古城連忙制止瓦特拉靠近。

「嗯？」

「你發誓要愛的不是奧蘿菈嗎！」

「可是她已經不在了。是你將她吞下的吧？」

「唔！」瓦特拉平淡拋來的語句，讓古城倒抽一口氣。

古城沒有那一晚的記憶，他想不起發生過什麼。可是，直到數個月前還是普通人的他正是以那時為界，將名為第四真祖的吸血鬼之力納入手裡。

能想到的可能性只有一種，那就是古城曾將真祖吞食入腹。他藉由捕食與上一代的第四真祖融合，進而奪取其存在及能力。

原為人類的古城吃了吸血鬼——光想像就令人深惡痛絕的景象。

然而瓦特拉的話音裡卻聽不出怪罪古城之意。他反而對古城倍加讚賞似的微笑，還用舌頭舔舐揚起的嘴角。

「——所以，我會對繼承了她的『血』的你奉上愛情。身為發誓要永遠愛她的人，我這麼做不是理所當然嗎？」

「我就是在說你這理論有毛病！血脈相同你就什麼都無所謂了嗎？」

「當然是這樣啊。你繼承了第四真祖之力，代表她認同你。和那比起來，我們都身為男性這一點根本只是細枝末節。」

「哪裡細枝末節了？那才是要緊的問題。還有，你舌頭不要那樣動！」

古城朝挑逗似的探出舌尖的貴族青年破口大罵。

於是，雪菜將步步後退的古城推開，提著樂器盒來到前頭。

「奧爾迪亞魯公——容我向你請教。」

意外的攪局者出現，讓瓦特拉露出一臉不可思議的表情。在這之前，他對雪菜的存在好像看得比小石頭還不如。

「妳是？」

「獅子王機關的劍巫，我叫姬柊雪菜。今晚是以第四真祖的監視者身分登門拜訪。」

「哦……原來如此。妳是紗矢華小姐的同袍啊。」

對於恭敬報上名號的雪菜，瓦特拉顯得興致缺缺，低頭說道：

「話說古城身上有股氣味和妳的血相同……該不會妳就是『獅子之黃金』的靈媒？」

「……唔！」

瓦特拉意外點破事實，雪菜不由自主地愣住了。

表情因而凍結這一點，古城也一樣。古城從上一代第四真祖繼承而來的眷獸共有十二匹，但它們到現在還沒有認古城為主，目前無法操控的危險狀態仍延續著。

在這當中，「獅子之黃金」是古城唯一成功馴服的眷獸。經過錯綜曲折的風波，到最後古城靠著吸雪菜的血才總算掌握自己擁有的一匹眷獸。當然他吸身為監視者的雪菜的血，並不是能隨便告訴他人的事——

「血的氣味……等等，你連那種細節都分得出來嗎……！」

古城深受動搖。他感覺到背後扎上來的視線，用不著回頭就能知道原因。是煌坂紗矢華正用充滿憎恨的目光瞪著他。

席捲而來的淒厲殺氣讓古城背脊發冷。紗矢華自稱詛咒及暗殺的專家，既然有這等殺氣，感覺她要咒殺一兩個人確實輕而易舉。

「沒有，那是胡扯的。我只是想問問看而已。」

彷彿享受著古城等人的動搖，瓦特拉一臉滿足地笑了。

「哎，但既然妳身為『血之伴侶』的候補，對我來說就是情敵了。為表示敬意，我特別接受妳發問。有沒有什麼想知道的事呢？」

「你從前提就有很多地方弄錯了吧？她不是什麼候補，也不是什麼情敵！」

古城盡責地反駁，充耳不聞的瓦特拉卻當耳邊風。

雪菜沉沉嘆息，然後表情嚴肅地直直望向瓦特拉。

「請告訴我，你造訪絃神市的用意。像這樣和第四真祖結下不正經的情緣，就是你的目的嗎？」

面對雪菜指責般的發言，瓦特拉不改笑容。他反而愉快地挑起眉說：

「啊，對喔。我都忘了，另外還有正事。當然妳所說的也包含在內就是了。」

「結果還是包含在內喔？」

古城厭煩地嘀咕。雪菜則散發攻擊性氣息，並且威嚇般瞪向瓦特拉問：

「所謂的正事是……？」

「來拜個碼頭啊。既然這塊魔族特區是第四真祖的領地，我打算先問候一聲。因為說不定會演變成帶給你們麻煩的狀況。」

瓦特拉如此說著，優雅地彈響手指。這聲音成了信號，大批的傭人從船裡魚貫現身。他們推來的餐車上滿載一盤盤料理，菜色之豪華豐盛，幾乎讓派對會場提供的餐點顯得寒酸。

「——你說的麻煩是什麼意思？」

雪菜對端出的料理毫不理睬，又如此問道。

瓦特拉沒規矩地捏起一片生火腿，笑著說：

「古城，你聽過克里斯多福．賈德修這名字嗎？」

「沒有。那是誰？」

貌似瓦特拉領班的男子朝搖頭的古城遞來酒杯。由於自己未成年，古城脫口就要拒絕，但看到男子的臉他便放棄了。對方的舉止雖然沉靜富知性，卻是個長相兇悍，具備強烈威嚴的老人。留在臉頰上的大塊舊傷痕，令人聯想其轟轟烈烈的人生。

瓦特拉同樣從領班手裡接下酒杯，然後在古城面前舉起示意「乾杯」。雖然令人不甘心，但那一幕實在有模有樣。

「他是戰王領域出身的退役軍人，在歐洲算小有名氣的恐怖分子。過去曾為激進團體『黑死皇派』的幹部，而且大約十年前，他在布拉格國立劇院占領事件中，還造成四百名以上的民眾死傷。」

「我聽過黑死皇派的名字。不過，那不是好幾年前就已經瓦解了嗎？記得是因為指導者遇刺——」

古城想起隱約有印象的舊新聞。就連當時還是小學生的他都會記得，照理說應該是相當重大的事件才對。

「沒錯，那是我殺的。雖然是個特技有點棘手的獸人老頭。」

瓦特拉一邊以酒杯就飲一邊悠然笑著回答。古城默默凝視眼前的貴族青年。事到如今他才深切體會到，這名貌似輕浮的男子屬於世界級的重要人物。

「而賈德修就是那群黑死皇派中苟活下來的人。精確來講，黑死皇派的殘黨其實已經聘了他擔任新指導者。那些人聘了以恐怖分子而言，曾留下豐功偉業的賈德修。」

「等一下，你來紘神島的理由，和那個叫賈德修的男人有關嗎？」

忽然有不祥的預感，古城問道。瓦特拉則佩服地點頭回答：

「你這麼機靈就好說話了，古城。正是如此。有情資指出，賈德修帶著黑死皇派的部下潛入這座島嶼了。」

「……為什麼歐洲的激進分子要特地跑來這座島？」

「誰知道呢……倒真不懂他們在想什麼。」

貴族青年裝蒜的態度讓古城焦躁得咬牙切齒。原本默默看著他們對談的紗矢華，忽然用公務性質的語氣告訴古城：

「黑死皇派是具歧視觀念的獸人優勢主義者。他們的目的在於徹底毀棄聖域條約，還有從第一真祖手中奪走戰王領域的支配權。」

你連這也不懂？面對她這般話中有話的冷冷態度，古城忍不住氣悶地說：

「那就跟這座島更沒關係了，不是嗎？」

「不，學長。你想錯了。」

雪菜小聲地糾正古城。對對對——如此附和的瓦特拉也使壞似的瞇起一邊眼睛。

「絃神島是魔族特區——成立於聖域條約下的城市。他們在這座城市裡起事，具有意義。雖然那只是自我滿足，想讓世人留下黑死皇派依舊健在的印象就是了。」

「什……」

那樣自作主張哪有道理啊？古城如此低聲埋怨。

「話是這麼說，設有魔族特區的國家並不只日本。他們會來絃神島，應該想成還有其他理由才妥當。」

「其他……還有什麼理由？」

「那我可不知道喔。」

瓦特拉草率搖頭，跟著又用興奮得古怪的語氣說：

「這個嘛，要說我所能想到的，會不會就是為了將打倒真祖的手段弄到手呢？畢竟他們的最終目的是弒殺第一真祖啊。」

「……你這樣也無所謂喔？」

古城一臉傻眼地嘆氣。

所謂真祖，是最為古老、力量也最為強大的吸血鬼。而黑死皇派要弄到打倒真祖的手段，就表示他們的存在將對其他所有吸血鬼造成威脅。照道理來說，瓦特拉的處境也同樣危險。然而——

「我並不在意……那位真祖大概會這麼說吧。我也有我的立場，所以沒辦法那麼說。」

瓦特拉攤開雙手，一副事不關己的態度，然後若有所思地流露出笑意。

雪菜正經八百地瞪著讓人捉摸不清的貴族青年問：

「你有意暗殺克里斯多福・賈德修？」

「哪的話，我不會做那種麻煩事。根本來說，我的眷獸們不適合那種精密作業。要將整座城市燒掉，它們倒是很擅長。」

瓦特拉身段滑溜地將雪菜的質問應付過去。得意什麼啊？古城暗自在心裡如此慨嘆。不過吸血鬼的眷獸並不適用於對個人進行精密攻擊，這是事實。既然瓦特拉無意和恐怖分子交手，暫且就可以安心了。當古城正要伸手撫胸時——

「不過啊，假如是賈德修主動找上門來想殺我，就不能不應戰了吧？這叫作行使自衛權，對不對？」

像是在嘲笑心裡鬆懈的古城，瓦特拉如此向他徵求附和。

直到這時，古城總算也明白他的目的了。

瓦特拉曾殺害名為「黑死皇派」的激進團體指導者，說來他就是對方的仇敵。黑死皇派的那些殘黨八成仍苦苦守候著對瓦特拉尋仇的機會。

萬一賈德修真的獲得了弒殺真祖的力量，他就會頭一個找上瓦特拉。而那正是瓦特拉的用意所在。

「你來絃神島，目的就是要挑釁恐怖分子，將他們引出來嗎？會選擇搭這艘醒目得亂七八糟的船，同樣是為了——」

「不不不……要說的話，來見心愛的你才是目的。」

瓦特拉說著死纏爛打地對古城拋媚眼。古城則放聲大吼：

「現在哪是開玩笑的時候啊？要打仗，你就回自己的領地去打，別給其他國家的城市惹麻煩！」

「我當然也這麼希望啊。只要這座城市的攻魔官們能逮到賈德修，那就沒話說了。可以省事是最棒的。雖然，這也要他們能逮到賈德修就是了。」

瓦特拉無奈聳肩，十足誇張地發出嘆息。接著，他對古城擺出美得令人心顫的笑容。

「但是，聽命於我的九匹眷獸——這些傢伙要是看身為宿主的我遭遇危險，可不知道會做出什麼。它們會毫不在乎地鬧到轟沉這座島的地步喔。所以，我才打算先向你賠罪。」

「什……」

古城這回真的啞口無言了。

瓦特拉表示有意讓絃神島沉沒。為了收拾來向他索命、頂多只有幾十人的恐怖分子，他要將對方連同絃神島一起毀滅。

而且，他在古城面前宣言。換句話說，即使古城打算阻止也沒用——瓦特拉話裡同時表達出這層意思。萬一古城要來礙事，那就一塊打倒——這就是迪米特列．瓦特拉藏在輕浮話語中的真正心思。

古城並不是不惱火。然而實際上，古城沒有足以阻止瓦特拉的手腕。因為古城要是和瓦特拉交手，就算他豁盡全力想阻止對方，結果絃神島仍會受到莫大的損害。

只要瓦特拉拿正當防衛作為主張，雪菜等人隸屬的獅子王機關也無法對他出手。瓦特拉身為正式外交使節，光靠他被恐怖分子盯上這樣的理由，也不可能將他趕出絃神島。

當古城開始對走投無路的狀況感到絕望時——

「奧爾迪亞魯公，承蒙你的好意，但我想應該不需要這樣費心。」

用冷澈嗓音進言的是雪菜。

「姬……姬柊？」

「……這是什麼意思呢？難道說，古城會替我收拾賈德修？不過和第四真祖擁有的一比，我倒認為我這些眷獸還算乖巧喔。」

古城和瓦特拉各自露出意外的表情反問。

端正面孔上靜靜現出決心的雪菜點點頭。

「你說的對。所以，我會代替第四真祖將黑死皇派的殘黨拿下。」

「——雪菜！」

紗矢華慘叫般驚呼。一扯上雪菜，表現得從容幹練的她似乎就破了功。不過古城也很能體會紗矢華著急的心情。

「為什麼要那樣！別說什麼代不代替，我根本就沒有想過要對付賈德——」

「請學長你們安靜。身為監視者，這是理所當然的判斷。總不能讓第四真祖去和恐怖分子接觸。既然對方打算殺害真祖，那就更萬萬不可。」

雪菜用缺乏抑揚頓挫的生硬語氣強調。由旁人看來顯得冷靜，但這是她的心思半已意氣用事時的特徵。正因為個性一板一眼，雪菜一旦打定主意就會變得頑固。

而瓦特拉卻莫名起了戒心似的，望著這樣的她說：

「哦……原來如此，有意思……不愧是即將和我成為情敵的人。」

「咦？不是，我並沒有那種想法……」

原本繃緊的表情一緩，雪菜冒出困惑之語。

然而貴族青年卻滿臉愉快，而且有些刻薄地微笑著宣告：

「那麼，我就先瞧瞧獅子王機關的劍巫有何實力吧。究竟妳夠不夠格當古城的伴侶，我可要看個仔細。」

別自作主張啦——古城這句嘀咕，被瞪眼相視的雪菜和瓦特拉徹底忽略。

猛一看，紗矢華則陷入輕度恍惚，說不出話愣在原地。被雪菜要求閉嘴，好像讓她受了相當大的打擊。

雪菜朝微笑挑釁的貴族青年靜靜點頭示意。

這就是昨晚與瓦特拉見面的來龍去脈。第一真祖的使者和古城等人在深夜的會談，就這麼宣告結束了。

然後——

「古城！我在叫你耶！古城！」

忽然傳到耳邊的催促聲，讓古城嚇醒了。

那絕非讓人不愉快的嗓音，反而還很耳熟，只不過有種強烈的不協調感。為什麼會在這裡聽到她的聲音——？

「你要睡到什麼時候？起來啦，不趕快起床就要遲到囉。」

被人粗魯地抓著身體搖晃，古城緩緩睜開眼皮。

也許是作了一段長夢的關係，意識還有些混亂。映入眼簾的少女身影不太真實。精心呵護的秀髮、迷人的眉型、意外端正的豔麗臉孔、輕柔體溫和肥皂香，讓古城驚訝地起身——

「淺……淺蔥？」

「早啊，古城。你很慢耶。」

早晨的曉家、看慣的自己房間。藍羽淺蔥帶著一臉笑容俯望剛睡醒的古城。

2

一般所謂的驚訝，會發生於和日常有所落差的狀況。而狀況要是太過離奇，人反而會變冷靜，這是常聽見的論調。

因此就出人意表的意義來說，女同學出現在自家床上的衝擊度，遠遠凌駕於和「戰王領域的貴族」這種超脫現實的人物見面。

淺蔥騎在目瞪口呆的古城身上，將指尖湊向他的鼻子。

「受不了你耶，古城。再繼續睡我要對你惡作劇囉！」

「……妳搞什麼啊？是吃壞肚子了嗎？」

面對她太過可愛的舉動，古城倒覺得詭異而嘀咕起來。

只論五官，淺蔥沒話說是屬於美女的範疇，但即使誤解得再怎麼深，她也不是那種會對男生殷勤的類型。率性自主的她與嬌媚無緣，相對的，別人也不需要為她做多餘的設想。要是讓古城來歸類，淺蔥反而類似可以對等相處的哥兒們。這種難為情的話古城不會說出口，但他覺得那就是淺蔥的優點。忽然被那樣的她獻媚，只會讓人起戒心。

淺蔥本人或許也有自覺這樣裝下去行不通，所以她又改回平時挖苦人的語氣說：

「沒有啦。因為網路上寫……呃……男生就喜歡這樣。」

「雖然我不太懂，可是妳看的那份資訊，我想大概搞錯了許多地方。」

「啊……果然不對喔？我就覺得內容讀起來怪怪的嘛。」

傷腦筋。這麼想的淺蔥貌似疲軟地嘆了氣，抬頭望向天花板。

看了她這種態度，古城得到確信。淺蔥似乎是有什麼別的目的才會來轟他起床，反正八成不是什麼像樣的目的——

「還有，妳快點讓開。好重。」

「你隨口就把很沒禮貌的話直接講出來了耶。不用你說我也會讓開啦——欸，這什麼啊，硬硬的……」

嘿咻——淺蔥準備跨過躺著的古城下床，卻不經意因為摸到異物的手感而歪著頭。淺蔥在無意間正用纖纖玉手握著仰臥的古城下腹部，由於早晨生理現象而活性化的部分肉體。

「古……古古古古城！」

察覺自己碰到的東西真面目為何，淺蔥發出尖叫與怒罵參半的喊聲。對於家裡只有姊妹的她來說，「那個」似乎沒理由地成了恐懼的對象。她在床上一跳，備受折騰的古城大罵：

「為什麼我要被發脾氣啊！明明是妳自己騎上來的吧！」

「我受夠了啦……你讓我摸什麼東西啊？感覺還亂有彈性的……嗚嗚，好噁心。」

「少怪到我身上！」

對淺蔥的反應感到輕微受傷，古城也跟著反駁。為了讓大吵大鬧的她冷靜下來，兩個人就這麼扭打著倒在床上——

「——淺蔥，對不起喔，把工作推給妳。我差不多要去啦啦隊晨練了，妳幫忙把古城哥叫起來了嗎？」

結果在這時粗魯打開房門，匆匆忙忙快步闖進來的人是凪沙。

撞見古城他們在床上糾纏成一團，她的笑容就此僵住。

古城和淺蔥也保持扭打的姿勢愣住了。令人窒息的寂靜降臨房裡。

「……你們兩個在做什麼？」

凪沙打破寂靜，嚴肅地問道。

「凪……凪沙？對喔，擅自讓淺蔥進來家裡的就是妳……！」

古城這才掌握狀況。想來也是理所當然，假如沒有人將淺蔥帶進家裡，就算她再怎麼恣意妄行，也不可能一個人擅自進古城的房間。

但身為共犯的凪沙，自然想也沒想過古城他們豈會做出這樣的行為——

「可是我不記得有叫她上床耶。你讓她握什麼東西啊，古城哥……！」

「是我一手造成的嗎——！」

被要求負起不可抗力的責任，古城好想哭。而且狀況雪上加霜，氣勢洶洶站著的凪沙背後又有個嬌小的身影冒出臉來問道：

「……學長？發生什麼事了嗎？」

「啊，不行！看了這麼骯髒的人，雪菜妳會被玷汙的！」

「……咦？」

不解其意的雪菜眨著眼，朝房裡探頭一望，瞬時間所有感情從她眼裡消失了。正因為臉孔端正得超乎一般，如人偶般無神的眼睛令人望而生畏。

「等一下！為什麼連姬柊也進家裡了……？」

「都是錯在古城哥要賴床嘛！天氣這麼熱，總不能讓雪菜在外面等，所以我才讓她進來乘涼啊！」

喋喋不休的攻擊讓古城沉默下來。

原來如此，凪沙似乎也沒有陷害古城的惡意。明明如此，瀰漫於古城房裡的這種難堪氣氛是怎麼回事？

淺蔥維持著半被推倒的姿勢，牢牢地將有意逃走的古城手腕扣住，然後用挑釁的視線望向雪菜。相對於此，雪菜則讓人看不出表情。

「對不起喔，雪菜……妳該不會在生氣吧？」

「不，並沒有。」

面對提心吊膽發問的凪沙，獅子王機關的劍巫平靜地搖頭。

然後若無其事地朝古城等人打了招呼：

「我還是到外面等。兩位學長姊請慢慢來。」

說完就靜靜出了房間，態度完全和平常一樣冷靜。

然而等到玄關門板傳出闔上的動靜，大約經過三十秒以後——

砰！打雷般的聲音轟然入耳，公寓為之搖動。

簡直像空手道高手出於一時氣憤，朝牆壁使出前踢所帶來的衝擊。背脊沒來由地冒出寒意，讓古城打了哆嗦。

淺蔥興味盎然地來回看著古城那種反應及雪菜離去的方向，然後問道：

「那是不是在吃醋？」

「沒那回事吧。再說我又沒有和她在交往。」

古城不經思索地回答。淺蔥不知為何睜大了眼睛望著古城。

「……是喔。所以你們並沒有在交往。」

囑咐似的低喃過後，淺蔥指著雪菜離去的方向又問：

「她是個什麼樣的女生？」

「要問這個？就像妳看到的那樣啊。她不是壞傢伙，雖然偶爾也會給人添麻煩啦。」

想起自己一會兒被尾隨，一會兒被監視的現狀，古城微微嘆了氣。

「古城，你是被那個女生抓到什麼把柄嗎？」

「把……把柄？」

「對呀，比如不能跟人說的祕密之類。」

淺蔥陣陣貼近古城的臉問道。

「沒……沒有啊，並……並沒那種事……喔。」

古城汗流浹背，同時無意識地從淺蔥面前別開目光。

被這樣一問，想得到的內容太多了。身分是名為「第四真祖」的吸血鬼，而且他先前才用那能力燒掉整條街，造成數百億圓損失，還有就是自己因為種種風波而吸了她的血——古城覺得自己有一大票足以左右人生的祕密，都被雪菜掌握。

「哦——原來如此……基樹偶爾也會講出有建設性的話呢。」

淺蔥望著舉止可疑的古城，滿意地點點頭。

「矢瀨？那傢伙講了什麼嗎？」

感到強烈不安的古城回問。看來淺蔥今天早上會有這些怪異舉動，就是那個傢伙出的主意。然而——

「抱歉，我還是先走好了。」

笑得格外海闊天空的淺蔥這麼說，然後就踩著古城從床上跳下來。

「你也要及時到學校喔。凪沙，我們一起去學校吧！」

「唔……喂，淺蔥。」

淺蔥親暱地摟著還有些茫然的凪沙肩膀，揮手對古城說了聲：「掰囉。」而古城搔著睡覺壓壞的髮型，目送離開房間的兩人。

「妳到底來幹什麼的啊……？」

聽見他自言自語似的嘀咕，淺蔥立刻回頭答道：

「嗯……我來幹什麼呢？也許……是宣戰吧？」

被孤伶伶留下的古城歪著頭心想：「什麼意思？」

而這樣的他被停在窗邊的一隻鳥盯著。

那隻鳥有彷彿由金屬構成的濃灰色羽毛，始終在耀眼的晨曦中望著古城。

同一時刻。

南嶼——絃神島南區的大樓屋頂上站著一名少女。

是個留著長髮的少女，在她腳邊擱著黑色的大型樂器盒。

少女視線對著的是間隔馬路位於對岸的九層樓公寓其中一室。

有隻鳥停在那個房間的窗邊。透過那隻鳥的眼睛，她正看著建築物內部的情形。

「太……太不知羞恥了……」

少女唇裡發出低喃。她白皙的臉頰之所以微微泛紅，不知是氣得忍無可忍或羞恥所致。

「看來，果然有必要對那個男的做應當的制裁……」

髮色偏淡的栗色秀髮被海邊強風吹拂而翩翩生姿。

蹲下的她從樂器盒裡取出的是一柄劍——

由平滑金屬曲面構成的銀色雙手劍。

3

「欸，姬柊。」

在通學的單軌列車上，古城出聲喚了雪菜。

握著銀色扶手的雪菜則緩緩回頭望向古城。她那雙如深邃湖泊般的眼睛，盈現著剛認識時所顯露的寒光。

「有什麼事？讓我待在門外等，自己卻和女同學打情罵俏的曉學長？」

雪菜用機械般的語氣淡淡回問。古城從喉嚨發出一聲低鳴，然後開口抗議：

「妳那種說明性質的稱呼方式，感覺得到露骨的惡意耶！」

「對不起，是我失禮了。一早就和女同學在床上恩恩愛愛的曉學長。」

「欸！我說過是淺蔥那傢伙趁我睡著時擅自爬上來的啊！那傢伙是和平常一樣在瞎鬧吧。也許她是想為昨天那件事出口氣。」

古城用雙手捧著頭嚷嚷。他自己覺得這樣的假設頗有說服力。既然他翹掉球類大賽的練習，跑去和雪菜待在一起，那就稍稍還以顏色吧——古城覺得這正是淺蔥會有的想法。

「你說——是藍羽學姊擅自那樣做的？」

「我也覺得她的用意就是那樣。先不管那算不算瞎鬧就是了。」

雪菜發出類似嘆息的聲音。

「什麼嘛，原來妳並沒有誤會嗎？」

古城鬆了一口氣，望向總算恢復平時語氣的雪菜。而她瞇眼瞪著古城說：

「學長你這個人再下流，也不會在凪沙身邊縱情逞慾，這點程度的信任我還是有的。」

「妳就不肯否定下流的部分喔？」

古城面有不滿地撇嘴。但是就算他再遲鈍，被數落到這種地步還是會隱約察覺，雪菜之所以生氣，才不是因為她對古城吃醋。

「那妳既然明白，為什麼還要生氣成那樣？」

「剛才和藍羽學姊的淫亂行為並不是出於學長的預謀，這個我可以相信。話雖如此，我還是不覺得學長抵擋得住誘惑，所以才生氣。」

「誘惑？」

「那個時候，假如吸血衝動湧上來，學長你打算怎麼辦？」

面對沉靜質疑的雪菜，剎那間，古城停住呼吸。

雪菜默默望著古城，手裡則緊握吉他盒的揹帶。

吸血鬼這個種族具備令人深惡痛絕的特質——對血液的飢渴。紮根於本能最深層的吸血欲求將輕易奪取吸血鬼的理性，使其化為兇暴怪物。

哪怕是真祖也無法控制的強烈衝動，會喚起那種衝動的則是性欲。

假如吸血衝動在那個場面湧上，古城或許就對淺蔥伸出魔掌了。然後他將獠牙扎進淺蔥喉嚨的模樣，應該會被凪沙撞見。古城說不定會傷害自己重視的朋友和妹妹，而在一瞬間失去她們。

「……妳說的對。抱歉。」

古城低聲咕噥。被雪菜指正以前，一直疏忽那種可能性的自己讓他感到惱火。到頭來，雪菜還是從一開始就擔心著古城吧。會被她發脾氣也是當然。

「請好好反省，別再陷入那種危險的狀況。」

雪菜用教訓小朋友般的語氣說道。

話是沒錯啦——如此頂嘴的古城有些不服氣地嘟嘴。

「呃，但我還是覺得，今天早上那樣算不可抗力——」

「不對，我覺得只要學長態度更堅毅就可以了。請好好反省。」

「呃，可是對方趁我睡著時擅自闖進來，是要怎麼應付——」

「我覺得只要從平時留心，別讓狀況變成那樣就可以了。請好好反省。」

「啊，說到這個，姬柊，既然妳是因為那樣才生氣，為什麼要跑到外面？當場制止我們不就好了——」

「唔——……」

「……我以後會小心的。」

面對不知為何開始發出低鳴聲的雪菜，古城深深低下頭。

真受不了——雪菜如此說著，傻眼地嘆道：

「總之，要是學長對我以外的人吸血，到時我就真的會生氣了。」

「唔……嗯。」

說得簡直像吸妳的血就可以耶——古城這麼想著，仍感謝雪菜的用心。雪菜原本單純是個監視者，同時也是被賦有決定古城生殺大權的攻魔師。而她卻這麼為古城著想，就算稍微挨一些莫名其妙的說教，古城也不應該抱怨。

「不講那些了。姬柊，接下來妳打算怎麼做？」

忽然正色的古城問道。

「學長是問搜索黑死皇派的事，對不對？」

雪菜立刻機靈地反問。點頭附和的古城又開口：

「畢竟這次的狀況和之前奧斯塔赫大叔那時不一樣。沒有任何線索就要找出恐怖分子，實在太勉強了吧。」

「對啊。所以說，我打算從探聽開始。去找握有情報的人物。」

「……妳有認識的情報販？」

真像警匪片啊。這麼想的古城異常感到佩服。

然而，雪菜答了句「不是的」，然後一臉傻眼地搖頭說明：

「可是呢，奧爾迪亞魯公有提過吧。他說紘神島的攻魔官也正想要逮住黑死皇派。」

「攻魔官？」

「對。就是攻魔官。」

雪菜望著古城點點頭。思索了一會兒，驚嘆的古城才恍然大悟地拍了手。

4

彩海學園高中部的教職員辦公校棟——

不知道為什麼，南宮那月的辦公室位於視野遼闊的最頂樓，感覺比校長室更威風。厚地毯與天鵝絨窗簾；古董家具年代悠久；床鋪附有天蓬。風範典雅的房間實在讓人想吐槽：

「這是哪裡的皇宮？」

「那月美眉，抱歉，我們有點事情想請教——」

古城打開厚重的木門，大搖大擺地進了那個房間。緊接著在下個瞬間——

「唔喔！」

頭蓋骨忽然遭受重擊，讓古城跌得人仰馬翻。

「學……學長！」

走在古城身後的雪菜連忙扶起痛得呻吟的他。

而從房裡冷冷望著他們的，是身穿黑色禮服的南宮那月。

這名嬌小女性有副怎麼看都像女童的娃娃臉，但自稱二十六歲的她卻毫無疑問是個英文老師，同時更是在職的國家攻魔官。為確保學生安全，紘神市內的教育設施受到規範，有義務配署一定人數的攻魔官。那月就是其中一人。

她深深靠坐在看似昂貴的古董椅，攤開黑色蕾絲扇說：

「要你別叫我那月美眉，總該學乖了吧，曉古城？」

那月說著兇巴巴地瞪向雪菜。

「妳也在啊，國中部的轉學生？所以你們有什麼問題？是來問生小孩的方法嗎？」

「什……什麼？」

一瞬間，雪菜無法理解聽到了什麼而目瞪口呆，然後才使勁搖頭。古城則按著額頭，猛然起身否認：

「哪有可能啊！妳沒頭沒腦講什麼？」

「……我想錯了嗎？既然這樣，你們有什麼事？」

那月像是興致全失地嘆了氣。妳到底有多想談生小孩的方法？如此心想的古城在傻眼之餘，仍然正色說道：

「我們要找一個叫克里斯多福．賈德修的男人。假如有什麼線索，希望能告訴我們。」

瞬時間，那月神色驟變。身高不滿一百五十公分的嬌小身軀，散發出的威迫感幾乎令人難以呼吸。

「你們從哪裡聽到那個名字的？」

那月瞇起有如洋娃娃般的美麗眼睛問道。

她果然知道這個名字——古城心想。儘管那月把攻魔官當成副業，實力在絃神市裡的同業者中似乎仍排得上前五。像賈德修這樣有頭有臉的罪犯既然現身了，情報肯定也會傳到那月耳裡，古城他們便是這樣預料。

「迪米特列．瓦特拉說的啦。妳也知道吧？他就是停泊在絃神港的大型遊船主人。據說那傢伙從戰王領域過來，是為了要收拾賈德修。」

聽完古城的說明，那月貌似惱怒地咂嘴。

「這樣啊……我應該要設想到那個輕浮的蛇夫有可能把你叫去。他真是多此一舉。」

那月像數落熟人似的罵起瓦特拉。她提到的「蛇」，八成是指瓦特拉的眷獸。儘管只有一瞬，古城也見過那匹籠罩著灼熱光芒的眷獸。

「他說戰王領域的恐怖分子到了絃神島，是真的囉？」

「既然瓦特拉那傢伙會那樣講，大概就沒錯了。」

那月隨口回答。她應該是認為隱瞞也沒用。

「所以你們問了賈德修的下落，又打算怎麼做？」

「我們要趕在他和奧爾迪亞魯公接觸之前把人逮住。」

面對那月的問題，雪菜立即回答。靠著這一句話，那月似乎就明白大致的事情緣由了。若是與黑死皇派的殘黨陷入交戰，瓦特拉就會開開心心地解放自己的眷獸。這樣一來，紘神島肯定會受到莫大損害。雪菜話中之意，就是要阻止那種事發生。

可是，那月的回答卻相當淡然。

「沒用的，打消念頭吧。啊，亞斯塔露蒂——沒必要奉茶給這些傢伙喔，太浪費了。還不如幫我沖一壺新的紅茶。」

「——命令領受。」

那月朝端來麥茶的女僕裝少女，草草地發下命令。帶著某種奇特語調的少女嗓音，讓古城和雪菜驚訝地抬起頭。

捧著銀色托盤站在那裡的，是個藍髮少女。

左右對稱的人工臉孔，以及不具感情的淡藍色眼睛。露出度偏高的連身圍裙包裹著那副纖瘦未成熟的胴體。

「妳是奧斯塔赫大叔之前帶在身邊的那個讓眷獸附身的女生——！」

「亞斯塔露蒂……？」

「啊，這麼說來，你們都和她見過。」

那月不改表情地說著。古城則靠到她旁邊，小聲問道：

「為什麼這個女生會在學校？不對，更該問的是她那衣服是怎麼回事？」

「參與襲擊基石之門的人工生命體亞斯塔露蒂，目前正接受為期三年的保護管束。」

那月嫌麻煩似的一邊推開古城一邊說明。

「我不僅身為國家攻魔官，同時也是教育者，由我來當監護保證人應該合情合理吧？再說我正好需要一名忠實的女僕。」

「最後那句很明顯才是主要原因嘛……哎，她本人覺得幸福就好。」

古城嘀咕著像是說給自己聽。

受了那月命令，女僕裝扮的亞斯塔露蒂照著吩咐準備紅茶。酷似妖精的臉孔雖無表情變化，看起來倒也像在工作中找到價值了。

和她只領到一件斗篷大衣，還被迫狩獵魔族的那個時候比起來，也許現在的她確實多少有了自己的幸福。

「——南宮老師，妳說抓了賈德修也沒用是什麼意思？」

總算從驚嚇中恢復的雪菜，像是想起來似的帶回話題。

「我沒說抓了也沒用，而是說你們沒必要去做那種事。」

「咦？」

「反正黑死皇派那批人什麼也做不了，至少他們面對瓦特拉不可能有作為。那傢伙即使是那副德行，仍然被稱作『最接近真祖』的怪物。」

雪菜反駁：「可是——」口氣顯得認真而不肯罷休。

「我聽說黑死皇派的悲壯心願，就是抹殺第一真祖。他們追求實現心願的手段，才會來到紘神島不是嗎？」

假如黑死皇派得到了弒殺第一真祖的力量，那就表示他們也能除掉「戰鬥力接近真祖」的瓦特拉。即使理解這一點，那月還是興味索然地搖頭。

「對啊，所以我才說沒用。賈德修的目的在於納拉克維勒。」

「納拉克維勒……？」

陌生的字眼讓雪菜蹙起眉頭。她的知識裡似乎也找不到這個詞。

「那是在南亞，從第九號梅赫爾格爾遺跡發掘出來的史前文明遺產。據說以往毀滅過無數都市及文明，是由眾神創造的兵器。」

那月仍用老師般的語氣說明。古城強烈感到不祥的預感問道：

「眾神創造的兵器……等等，那個聽起來很危險的玩意又怎麼了？妳總不會要說，那玩意就在絃神島吧？」

「就檯面上來說，當然不會有那種玩意，但其實有一間叫嘉納鍊金工業的公司好像非法將遺跡出土的某項樣本盜運過來了。雖然那玩意前陣子才被恐怖分子搶走。」

「真的有喔？而且還已經被偷走了！」

「都九千年以前製造的古董了，你在緊張什麼？」

那月望著慌張嚷嚷的古城，輕蔑般說道。

「我說過，被搶走的是從遺跡出土的物品吧。那可是早就變得乾巴巴的破爛東西喔。假設還能動好了，他們又打算怎麼操控？」

「……不就是因為對操控的方式心裡有底了，黑死皇派才會看上那項古代兵器？」

雪菜冷靜地糾正。而那月有些愉快地揚起嘴角說：

「哼，直覺可真靈光啊，轉學生。這陣子似乎發現了一塊石碑，上面就刻著用來操控納拉克維勒的咒語或術式來著。」

「既然這樣，那項兵器還是有可能被使用，不是嗎？」

「那難懂的東西，已經讓全世界的語言學家和魔法機構蜂擁研究，卻連解讀的頭緒都還找不出喔。區區的恐怖分子就算絞盡腦汁，也不會有什麼結果啊。」

對於不安地嘛著嘴的古城，那月意興闌珊地撇開他的質疑。

「我抓到協助他們解讀石碑的研究者了，找出黑死皇派的殘黨也只是時間問題。因為偷渡入國的國際通緝犯要帶著那種占空間的大尺寸古董藏匿行蹤，可以躲的地方有限。特區警備隊似乎打算在這兩天就把賈德修揪出來。」

「揪出來……等等，難道那月美眉妳也會去助陣？」

古城皺著臉問道。那月已經抓到協助賈德修的人，表示她八成和這樁事件關係密切。是不是怕獵物被從中攔截，她才警告雪菜別插手——

「別叫我那月美眉！總之，就算那個蛇夫說了些什麼，也沒有你們出面的份。硬要說的話，頂多就是小心那些獸人被逼到絕路時的炸彈自爆攻擊吧。」

「炸彈自爆攻擊……！」

那月意想不到的警告讓古城改變臉色。自爆確實是戰力不如人的恐怖分子少數可以對瓦特拉造成傷害的手段，絃神島居民受波及的可能性絕對不低。

「然後我再忠告一點。曉古城，小心迪米特列·瓦特拉。」

那月一邊啜飲端來的紅茶一邊小聲嘀咕。

「那傢伙吞噬過兩名階級高於自己的『長老（Wiseman）』——地位僅次真祖的第二代吸血鬼。」

「——吞噬……吸血鬼的同族？那傢伙幹出這種事？」

回想起貴族青年和善親切的模樣，古城驚嘆。雪菜也露出難掩訝異的表情。

「那就是他被形容成『最接近真祖』的緣故。你也要盡量小心，別被他吞了。」

那月自信地笑著說。那不以為意的口氣反而有股真實感，古城只是悶不吭聲地點點頭。

5

「南宮老師說的會是真的嗎？」

離開那月的辦公室以後，古城和雪菜腳步沉重地走向自己的教室。途中，雪菜停下腳步問道。

「雖然人格有點問題，但她基本上是不會說謊的人吧。」

捂著還有些疼痛的腦袋，古城擠出含糊的感想。總覺得我也能理解——這麼說著的雪菜也微微露出苦笑。

雪菜隸屬的獅子王機關和那月那些國家攻魔官的關係並不融洽，所以那月告訴雪菜假情資的可能性當然也能考量進去。但是知道那月性格的人，就不覺得她會做那種麻煩事。

說謊及玩弄心計，基本上是弱者用於生存的手段。對身為壓倒性強者的那月來說，那都屬於無用之物。有人刻意蒙騙，她就用實力報復；有人阻擋去路，無論是敵是友都會被她一概擊潰。這就是那月的作風，同時也是她威嚴的來源。儘管身為普通人類，她這樣的生物反倒比古城更接近真祖。

正因如此，她說的內容再離奇都可以信任。關於瓦特拉吞噬同族的情報也是。

「所謂的『長老』，是指第二代的吸血鬼啊？」

古城用缺乏自信的語氣向雪菜確認。

是的。如此回答的雪菜神情嚴肅地點頭。

「他們是獲得真祖認同而分到其『血液』的人，雖然未必是真祖的親生骨肉就是了。」

「──算徒弟或後繼者吧？」

聯想到過去被稱為「上帝之子」的男人及其門徒間的關係，古城低聲說道。從真祖身上直接分到「血」，世代最為「古老」的一群吸血鬼，能力自然不是普通吸血鬼可以比擬。

「就這層意義來說，瓦特拉並不是直接脈承第一真祖吧？」

「對啊。雖說是純血的貴族，終究也只是『長老』的遙遠後代。」

雪菜說著臉色蒙上陰影。

「所以，假如奧爾迪亞魯公真的捕食過『長老』，他說不定擁有什麼特殊的能力，某種能顛覆血液濃度的特殊能力──」

血的濃度嗎……？古城這麼心想，望向自己的手掌。

對長生不老的吸血鬼來說，「血」是魔力的來源，也是用於召喚眷獸的媒介，同時更是其存在的基底。活得長久的吸血鬼會透過吸更多的血，在血中蓄積更強大的魔力。「舊世代」的吸血鬼會擁有比年輕世代更強的力量，正是出於這層緣故。倘若是人稱「長老」的吸血鬼們，強大程度理應更甚。

不過，年輕世代的吸血鬼要迅速獲得強大力量，其實並非沒有辦法。只要從強悍吸血鬼的血當中，直接奪取其魔力就行了。

由吸血鬼去奪取象徵其他吸血鬼存在的「血」——

這便是所謂的「同族相噬」。

但也有說法指出，通常並不可能吞噬比自己強大的吸血鬼的血。

這是因為就算吸光了對方的血，也會被對方從身體內側占據肉體及意識。

被理應吞噬的對象反過來吞噬自己，這就是「同族相噬」的危險性，同時也是年輕世代無法打倒位階高於自己的吸血鬼之由。

瓦特拉打倒「長老」這種事，一般並不可能發生。

「這麼說來，那傢伙對於『血』亂重視的耶。」

回想起昨晚瓦特拉的發言，古城說道。雖然會講究血統的並不僅限於奧爾迪亞魯公，而是整體吸血鬼在種族上的一種傾向。雪菜先為話題做了這段闡述，卻也同意：

「那一位對於學長的執著，確實是有點異常。」

「那才不是對我執著。他重視的是第四真祖的『血』吧。」

古城一臉不以為然地糾正。瓦特拉曾說他發誓會愛奧蘿菈，然而一知道古城已經繼承奧蘿菈的血，他就見風轉舵了。要說輕浮也的確是輕浮，但也可以解釋成他對第四真祖的「血」就是如此執著。

「所以說，也許南宮老師的建議果真是一針見血喔。我是指她叮嚀學長要小心，別被那一位捕食的那些話——」

雪菜抬頭盯著古城說道。瓦特拉已經吞下兩名比他位階更高的「長老」，那麼縱使是魔力遙勝「長老」的「真祖」，也無法斷言絕不會遭到捕食。

就是啊——如此表示的古城軟弱地說：

「再說那傢伙如果認真想殺我，憑現在的我八成贏不了……要是我至少能多使喚幾匹眷獸，事情大概就不一樣了。」

「眷獸嗎……」

不知為何，雪菜露出陷入深思的表情嘀咕。

古城勉強能操控的眷獸只有一匹。「獅子之黃金」是透過第四真祖的魔力所召喚的世界最強等級眷獸，然而才一匹眷獸，終究有勢單力薄之處。

比如用「獅子之黃金」展開攻擊時，古城本身就會變得毫無防備。而且「獅子之黃金」要同時對付瓦特拉擁有的九匹眷獸，也沒有絕對能贏的保證。

「——學長。」

「咦？」

「難道說，你有想再那樣做的念頭？」

雪菜的眼睛眨都沒眨，映出了古城的面孔。她那認真的模樣讓古城不由得端正姿勢，但他不太懂對方問題的意思。

「那樣做……是指什麼？再哪樣做？」

「就是那個……呃……像是……吸我的……」

雪菜忽然別開目光，然後有些生氣又有些害羞似的把話迅速帶過。

纖細玉頸到鎖骨間的線條進入眼簾，古城這才明白雪菜話裡所指為何。

古城能掌控「獅子之黃金」，是因為吸了雪菜的血。若是如此，說不定再度吸她的血就可以支配新的眷獸。雪菜話中之意就是如此。

然而要執行這件事，也就代表古城非得對雪菜產生性方面的亢奮——

「沒有啦，不是！我剛剛說的話並不是那個意思！我才不想用姬柊妳的血來做些什麼！那種念頭我一點都沒有想過！」

古城拚命否認。上次是紘神島說不定會瓦解毀滅的緊急時態，就某個層面來說算迫於無奈，但這次情況完全不同。古城心想雪菜又不是自己的女友，不能逼她接受那種行為。

「……才不想用我的血，這樣啊？一點都沒有想過……這樣啊？」

可是雪菜說話的語調不知為何突然令人發冷，仰望著古城的眼睛毫無感情，有某個部分讓人聯想到冰冷至極的刀械。

「總之，那方面勉強還能應付吧。雖然沒什麼理由，但我覺得瓦特拉那傢伙也沒打算立刻吃我。況且他要是隨便出手把我逼急了，沒受控制的眷獸說不定又會像過去那樣發飆。」

感覺到原因不明的心虛，古城仍努力把話說得樂觀。

雖然不太靠得住，但古城的話也有根據。長生不老的吸血鬼最厭惡的就是孤獨及乏味。第四真祖的存在對瓦特拉來說是寶貴朋友，要不然就是絕佳消遣吧。他的態度隱約讓古城如此感覺。而且，宿主身邊要是有危險逼近，眷獸就會發飆——這麼說過的正是瓦特拉自己。

「是啊。」

雪菜依然冷冷地仰望著古城，表示同意。

「說不定又會有未受控制的眷獸發飆，讓學長的欠債增加幾百億圓耶。靠我哪能有什麼幫助呢？」

「咦？嗯，也是啦……」

聽了雪菜條理分明的話語，古城嘴巴不靈光地搭腔。

「再說看奧爾迪亞魯公的那種態度，就算沒有捕食學長的意思，好歹也會對學長霸王硬上弓耶。」

「拜託妳別講出那種可怕的話，都害我變得超級不安了耶？」

「對不起。我沒理由地冒出不祥的預感，忍不住就說出來了。即使如此，靠我哪會有什麼幫助呢？」

雪菜說著彷彿同情古城似的嘆了氣。

「我說啊，姬柊。妳該不會在氣什麼吧？」

「不會，完全沒有。我一點也不氣。」

面對雪菜拒人於千里之外的態度，古城終於忍受不了地別開目光。

「……哎，瓦特拉的事情就放到後面再想，眼前的問題是恐怖分子那邊吧。雖然那月美眉叫我們不用在意……」

「目前情報太少，在這個階段也不好判斷呢。」

「情報啊……」

古城抱臂沉思起來。情報確實嚴重不足。雖然他不覺得那月會說謊，但是沒頭沒腦就聽從忠告，什麼都不做也會感到不安。要是可以從其他情報來源找到材料，為那月的話佐證就好了。

「對了，她說過將那什麼『納拉克維勒』走私進來的，是紘神市裡的公司企業對吧？」

古城忽然想起那月說的話。

「是嘉納錬金工業公司對不對？那應該是經手錬金素材的二線大行號。」

「說不定從那邊可以查到些什麼。不好意思，姬柊妳先回國中部好嗎？之後我會再和妳聯絡。」

「雖然我大約可以想像到學長在盤算什麼了——」

雪菜帶著一副說不上來的賭氣表情想要說些什麼，但不知道為什麼，她中途打住，緩緩環顧四周。

像是為了讓感官敏銳而沉默下來的雪菜，使得古城困惑地呼喚：

「……姬柊？怎麼了嗎？」

「沒事。」

然後雪菜靜靜呼出氣息，若無其事地搖搖頭。

「我覺得好像被什麼人盯著，不過似乎是多心了。」

6

古城抵達教室是在上課鐘聲剛響完，遊走於遲到邊緣的時間點。教室裡的同學們幾乎已經到齊，其中當然也有淺蔥的身影。

「——淺蔥！」

「啊，古城，早安。」

察覺到古城快步走近，淺蔥悠哉地對他揮手。今天早上在古城房裡的風波彷彿全部沒有發生過，淺蔥的態度完全和平時一樣。

「你有聽話來學校，好乖好乖。特地去叫你起床值得了。」

「妳去叫他起床？怎麼回事？」

讓淺蔥教導功課的矢瀨耳尖地注意到她所說的話，人在旁邊的築島倫同樣發出感嘆，若有所思地看著古城說：

「這可不能當作沒聽見呢。」

「拜託你們聽過就算了。我真的只是被她挖起床而已。」

古城隨便應付他們，蹲到淺蔥的身邊。他將臉湊到對方耳邊問：

「不講那些了。淺蔥，有空嗎？」

「咦？怎麼？忽然問這個。要開始上課了喔。」

儘管嘴裡抱怨，淺蔥卻沒有甩掉被古城硬抓著的手臂。

牽著淺蔥離開教室的古城，受到同學們興致濃厚地注目。不過，彆腳的藉口八成會招來反效果，古城決定什麼都不說。總之為了不和老師碰個正著，古城將淺蔥帶到逃生梯才說：

「抱歉。我有事情無論如何都要拜託妳。」

「說什麼啊？聽起來只有不好的預感耶。」

淺蔥狐疑地瞪向古城。正因為相處得夠久，她似乎對古城相當了解。

「我想請妳調查一間叫嘉納鍊金工業的公司，特別是關於他們在絃神市內的分公司，或者研究所之類的資訊。」

「啥？我為什麼非得翹課做那種事？」

面對淺蔥理所當然的質疑，古城只顧低下頭說：

「拜託，之後要吃飯或吃點心我都請妳。」

「我不要。反正又是那個叫姬柊的女生拜託你的吧。要我幫這種忙，絕對免談。」

淺蔥齜牙咧嘴地「咿」了一聲回絕。

雖然古城從以前就微微發覺了，但是淺蔥和雪菜似乎不太合得來。理由他不了解，不過她們兩個之間的關係異常緊繃。

「求妳通融一下，只要調查那間公司運來的什麼『納拉克維勒』就好。」

「……納拉克維勒？」

不知道為什麼，淺蔥對意外的字眼有了反應。她一把揪住古城胸口，將他拉到面前問：

「那是什麼？你知道那個詞？」

「呃，好像是從哪座遺跡發掘出來的古代遺產啦。」

古城帶著難受的語氣說明。這是剛從那月口中聽來的情報。

「古代遺產啊……欸，所以那和嘉納鍊金工業有關囉？」

「嗯，大概有。」

淺蔥瞪著點頭的古城，「嗯——」地呼出氣來。她稍微思索似的將目光轉向半空說：

「那好，我有點心情了，就陪你調查看看。」

「是……是這樣喔，得救了。我們該怎麼做？」

淺蔥賊賊地露出笑容。

「總之我需要能連上網路的電腦。這個時間的話，應該去學生會辦。」

「學生會辦？」

對了。古城想到那裡是有幾台用來經營學校網站和處理公務的電腦。

「不過，門有上鎖吧？和保全公司連線的ＩＣ卡式門鎖。」

「沒關係啦。包在我身上。」

一句話說得令人信賴，淺蔥腳步輕快地走向學生會辦。

差不多是開始上課的時間了，但淺蔥並不顯得介意。和古城兩個人相處似乎倒讓她樂在其中，然而習慣她那種隨興調調的古城也不覺得特別奇怪。

「這種等級的鎖碼，只對幼稚園小朋友管用啦……你看。」

淺蔥拿出手機湊到學生會辦的門口，於是數字從螢幕上飛快閃過，不到五秒就傳出門開了的動靜。她似乎是利用手機內含的電子錢包功能，駭入保全公司製造的電子鎖。要怎麼做才能辦到這種事，古城當然摸不著頭緒。

「……其實妳很厲害耶。雖然我現在才發現。」

「這……這沒什麼好佩服的啦。別捧我，怪不好意思的。」

淺蔥紅著臉，說得像是在生氣，然後又心懷不滿似的歪著嘴瞪向古城。

「是說，還有別的部分更要誇獎吧？」

「咦？」

「你那什麼感到意外的臉？」

「啊，這麼說來，妳的劉海好像比平常短——」

「對不起喔，這是剪過頭啦！你要裝成沒注意到才對嘛！」

淺蔥橫眉豎目地用右勾拳搗在古城側腹部，古城痛得哼聲。狀況他不太懂，可是感覺似乎碰上了挺沒道理的事。

「所以你想知道嘉納鍊金工業的什麼內情？」

淺蔥啟動擺在室內的電腦問道。

「我想了解他們走私進來的古代遺產『納拉克維勒』，聽說那個東西被叫作黑死皇派的恐怖分子殘黨搶走了。」

「納拉克維勒啊……我想你提到的大概就是這個。」

淺蔥在滿是數字的畫面輸入看都沒看過的指令，跟著就有幾張大尺寸圖檔顯示出來。映於上面的是一塊外觀飽滿的蛋形石塊，恰似昆蟲蜷起身子的模樣，或者也像用厚重裝甲守護自己的戰車——

「二十世紀末，在休眠狀態中發掘出來的出土品……應該說它是一種無機生命體，屬於生物兵器吧。」

「生物兵器？」

「用現代觀點來說，感覺或許類似無人戰鬥機。據推測，它具備眾多的武裝以及飛行能力，印度神話中的『飛翔戰車（Pushpaka Ratha）』，還有道教所信奉的人造神『哪吒太子』，研判都是以它為雛形——聽說是這樣。」

「聽不太懂，但我只有理解到這東西很危險。」

古城心情沉重地說。具體而言他不明白那到底是什麼，但如果那真是名留神話的兵器，肯定蘊藏有超凡力量。那月曾將它形容成『眾神所造的兵器』，也許未必是誇大其詞。

「用那個的話，感覺確實能和第一真祖抗衡……難怪黑死皇派會看上它。」

「第一真祖？你從剛才就在講些什麼？」

起疑的淺蔥瞇著眼看向古城。一時間找不到合理藉口，古城慌得支吾其詞：「呃，這個……」緊接著——

「——咦！」

就在此時，淺蔥猛然用雙手繞住古城的脖子，將他整個人拖到地板上。被摟住的古城因為忽然和淺蔥貼緊在一起而感到混亂，出聲問道：

「淺……淺蔥？」

「噓！安靜！」

淺蔥小聲地這麼說完，然後將自己和古城的身體硬是塞到電腦桌底下。

她瞪著的是學生會辦的門。聽得見有人打開了應該已經從內側鎖上的門鎖，而且正要進來的動靜。

「誰啊？」

「會不會是松井老師？學生會的顧問。想不到他這麼熱心工作。」

唔——淺蔥咬起姆指指甲嘀咕。

走進學生會辦的中年男老師坐上鋼管椅，開始整理文件。要瞞著他離開學生會辦，無論怎麼想都近乎不可能。

儘管淺蔥機警地關了電腦螢幕，萬一松井老師朝這裡走近，躲著的古城他們八成一下子就會穿幫。

「哪是佩服的時候啊！要怎麼辦？」

「就叫你安靜了！欸……你趁亂摸哪裡啊！」

「我不是故意的啦！妳自己擠過來的吧！」

「這……這麼擠我哪有辦法！」

淺蔥低聲講話的氣息就吹在古城耳邊。

不只是那裡有所接觸，古城的上臂與淺蔥隆起的胸部貼著，而他的手腕也在不知不覺當中，變成被淺蔥用大腿根部夾住的態勢。古城每次挪動身體，淺蔥都會敏感地一一出現反應，使他在意得不得了。

可是他們也不能推開對方，兩個人依然貼著彼此不作聲。

要說的話淺蔥算是苗條體型，但胸部的份量和凪沙或雪菜截然不同。分不出是香水或洗

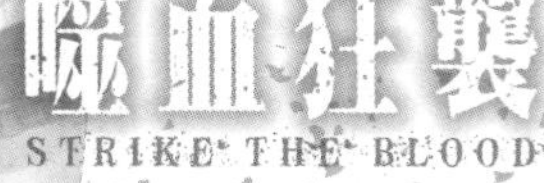

髮精的淡淡芬芳也跟著飄來，讓古城無法不注意她的女人味。

感覺到心跳加劇及喉嚨的饑渴，古城無意識地咬牙格格作響。這種徵兆相當不好，是吸血衝動發作的前兆。再拖下去就會像雪菜擔心的那樣，古城失去理性以後，難保不會將魔掌伸向一無所知的淺蔥。

總之要將心思轉移開來——這麼想的古城轉過臉，忽然注意到淺蔥耳邊。

「淺蔥……那個耳環該不會是……」

鑲有小石頭的金色耳環。那是古城在她生日時送的——不如說是被拗著買給她的禮物。石頭顏色是透著綠色的淡藍色調，也就是所謂淺蔥色（註：日文的「淺蔥色」意指藍綠色）。儘管被拗著買下的人是古城，看到淺蔥戴上這個，今天倒是頭一次。究竟是吹什麼風？這麼想的古城感到不解——

「發現得太晚了啦，笨古城。」

淺蔥揚起嘴角微笑，然後目光微微蕩漾地仰望古城。古城不由得認為這樣的她好可愛。

這時，恰好傳來松井老師離開學生會辦的動靜，古城的緊張感頓時斷線。於是——

「古……古城？沒事吧，你那個樣子！」

隨後，淺蔥看到古城噴出的大量鼻血，嚇得目瞪口呆。

「咦？唔喔！」

古城急忙用兩手掩住鼻子。原本高漲至危險狀態的吸血衝動，輕易就雲消霧散了。沒有錯，吸血衝動確實是源自性方面的亢奮，但實際上不管嚐到誰的血都可以，縱使那是自己的鼻血也一樣。

「哎，怎麼說呢……會對你期待氣氛那些的，是我自己太笨。」

淺蔥一邊用隨手拿出來的面紙塞進古城鼻子，一邊無力地發出嘆息。戰勝吸血衝動的古城則滿臉疲倦地吸著鼻血。

7

「舒緩一點了嗎？」

淺蔥看著鼻孔仍塞著面紙的古城，懶散地問道。

溜出學生會辦以後，古城他們去的地方是樓頂庭園。在校地顯得不足的彩海學園裡頭，將花圃及長椅設置在綠化過的樓頂，開放給學生當中庭使用。

話雖如此，由於陽光實在太強，會利用的學生不多。對於身為吸血鬼的古城來說，更是格外嚴酷的環境。不過使用者少就代表被其他人看見的可能性也低，對於別有苦衷而需要避人目光的學生，倒成了方便的地方。

「不好意思，結果連累妳翹課了。」

「對啊。哎，我是不要緊啦……反正我成績優秀，出席天數也夠。」

「唔……暑假上了補修課，我的出席天數應該也勉強過得去……」

古城彷彿背對現實，嘀咕的口氣讓人信不過。

擅自曠課這件事，明天大概就會被那月狠狠教訓。

要問有沒有獲得相應的成果，答案倒顯得曖昧。納拉克維勒的真面目是知道了，走私的樣本卻似乎已被人奪走。樣本目前所在地不明，恐怕留在賈德修那伙人手邊吧。

當然正如那月所說，只要操控用的咒語沒有解讀成功，就算他們握有樣本，或許也沒有提防的必要。可是，古城的直覺卻莫名感到不安。自己一伙人遺漏了重要的某項事情——古城有這種感覺。

「欸……古城。」

淺蔥望著古城陷入沉思的臉龐，忽然提出質疑。

「剛才那個叫納拉克維勒的東西，是跟著奇怪石碑一起走私進來的，對不對？」

「對啊。那部分也有留下記錄吧？」

「寫在石碑上的咒語要是被解讀出來……後果會不會很嚴重？」

「差不多。假如有個像樣的持有者在管理那倒還好……等等，妳幹嘛在意這種事？」

「咦？沒有啊，我又不在意。」

淺蔥不自然地別開目光。妳怎麼回事啊？古城正想這樣追問，但是在話說出口以前，他的肚子先飢腸轆轆地發出大音量。淺蔥「噗」地笑出聲音。

「古城，你早餐怎麼解決的？」

「在那種狀況下我哪有可能吃啊。」

古城帶著恨恨的臉色瞪向淺蔥。打亂曉家和平早晨的罪魁禍首則笑得毫無愧意，拍了古城的背說：

「那倒也是。沒辦法囉，體貼的淺蔥姊姊分你便當吃。」

「單純是妳自己餓了而已吧。要分給我的話，我是沒意見啦。」

「要更感謝我一點喔。我可是很少分東西給別人吃的。」

「反過來說，我倒覺得自己老是被妳拗著請客。」

從教室帶著小包包出來的淺蔥，拿出了包包裡的便當盒。對於食量大得從外表看不出的她來說，那個午餐盒意外小巧。

發覺筷子只有一雙，淺蔥似乎有些遲疑，但結果好像決定不去在意。她捏起煎得蓬鬆的煎蛋，咬了一口試吃。古城正打算吐槽：「妳只顧自己吃喔？」而淺蔥就像趁人不備似的，將那塊煎蛋塞到他嘴裡。

「好吃耶。」

「對呀。我也認同那個人的手藝。」

淺蔥把母親講得像外人一樣。她的父母在兩年前再婚，現在的母親與她沒有血緣關係。儘管並不是感情不和，要稱呼對方「媽媽」，彼此的距離大概仍讓她有些排斥。

古城不經意感覺到這個話題難以置喙，因此嚼著煎蛋換了話題。

「原來我們學校裡有這樣一塊地方啊。」

「聽說是基樹那個女朋友分享給他的情報。雖然我也是第一次來啦。畢竟午休會在這裡吃飯的，據傳全都是情侶——」

話說到這裡，淺蔥驀地沉默下來。

她好像忽然自覺他們的處境了。從課堂中溜出來，兩個人分著便當吃。而且她還用自己的筷子餵古城——

客觀看來，除了感情要好的情侶以外，他們倆的關係應該沒別種解釋。

「我……我去買飲料過來，剩下的你可以全部吃掉！」

「好……好啊。」

把便當盒推給古城以後，淺蔥就飛快跑掉了。都已經認識這麼久，古城不太懂她害臊成那樣的理由，但大概也有心情特別敏感的日子吧。如此解讀的古城決定不多深思。

總之，古城心懷感激地掃光了拿到手的便當，在茫然間開始思考要怎麼將納拉克維勒的情報轉達給雪菜。

古城坐的水泥長椅轟一聲碎開，正是緊接在這之後所發生的事。

「──怎……怎麼搞的？」

晚了一拍，爆壓將古城的身體彈飛。

古城隨瓦礫滾落在樓頂的地板，更受到衝擊波擺弄。

原本他以為長椅爆炸了，可是當然不會有這種事。直到剛才還設置著長椅的地方，已經鑿出半徑一公尺左右的凹洞。

簡直像砸過手榴彈才有的損害，卻聞不出火藥味，取而代之飄來的則是魔力渣滓。和雪菜擅長的發勁招式類似，那是應用咒術使出的物理攻擊。

「──翹課出來和同學幽會，你可真是享受啊，曉古城。」

仰身倒地的古城頭上，傳來鄙視般的數落話語。

立刻抬頭的他看見修長窈窕的少女身影。

對方穿的是百褶短裙與夏季背心。單是如此，似乎還能視同普通高中女生，然而她提在左手的巨大長劍明顯不搭調。

那是把令人聯想到戰機主翼的俐落長劍。劍刃約一百二十公分長，劍身厚實，筆直的接合紋路有如花紋般浮現其上。反射著陽光的銀亮英姿，與雪菜的「雪霞狼」十分酷似。

「妳是……昨天見過面的……」

古城知道對方名字。綁成馬尾的栗色長髮，如盛開櫻花般清純嬌豔的美貌，還有盯著古城的攻擊性眼神——

是獅子王機關的舞威媛，煌坂紗矢華。

「妳怎麼會在這裡？瓦特拉的監視工作呢？」

古城支著單膝起身，然後回瞪紗矢華問道。紗矢華不改表情回答：

「『深洋之墓』目前停在日本領海外的近海。迪米特列．瓦特拉已經就寢，我的監視任務暫時中斷了。」

「哦，那麼任務中斷，與炸爛我坐的長椅有什麼關係？」

「……我監視過你先前的行動了，曉古城。」

紗矢華將劍尖指向古城。古城則不耐煩地抱著頭抱怨：

「連妳都要監視我喔？獅子王機關的人全像妳們這樣嗎！」

「住口，你這罪犯！」

「罪……罪犯？」

紗矢華出乎意料的責備內容，讓古城聽得目瞪口呆。

看了古城那樣的反應，紗矢華更加橫眉豎目地說：

「裝蒜也沒用喔，第四真祖。你吸了雪菜的血對吧？」

「唔……」

最愧疚的事情遭點破，古城膽怯了。

「那是出於不得已啦！當時情況緊急，除了那樣沒有別的辦法——」

「你說的我也知道。那是當然了，要不然我那天使般的雪菜，哪有可能甘於讓你這種又笨又蠢又沒用又下流的男人吸血。」

「我有糟到要被妳罵成這樣嗎！」

古城不由得發火抗議。就算他自己也覺得理虧，但實在沒道理讓剛認識的紗矢華數落到這種地步。

然而，紗矢華握緊劍的雙手卻氣得顫抖——

「你好歹也是被稱作第四真祖的男人。只要你能展露與頭銜相稱的氣度，修養出與雪菜相配的高潔品行與人格，年收入最低要有一千萬圓以上，再發誓會對她付出永遠的愛並且絕對服從，然後用去勢作為證明，我原本還可以饒你一命——」

「妳別扯了！標準到底多高啊！」

「可是你這個人卻還跟別的女生打情罵俏——」

古城「咦」了一聲，對紗矢華的發言提出責問：

「等一下，妳講的是哪回事？」

「想轉移話題可沒用喔。你一早就將女同學帶上床，瞞著雪菜和對方在學生會辦親密接觸，而且還在杳無人跡的樓頂相親相愛地用同一雙筷子吃飯。那些模樣我全部都看在眼裡。你簡直就是不知羞恥！」

紗矢華主動列出古城的罪狀，更自顧自的陷入激憤。

古城望著她舉起的長劍光芒，臉色慘白地說：

「等……等等！我和淺蔥又沒有做什麼虧心事——」

「外遇的男人都是這麼說的！『煌華麟』！」

「——所以妳打算用那把劍幹嘛！」

「雪菜來這座島上是為了監視第四真祖。只要你一死，她就沒有理由留在這裡了，更不會被你辜負而流下眼淚——！」

「為什麼會變成這樣！」

面對紗矢華推演得過於牽強的理論，古城忍不住大叫。然而紗矢華卻彷彿沒有商量餘地，毫不留情地舉劍揮下。

即使是古城吸血鬼化的動態視力，也無法完全看穿那神速的斬擊。幾乎全憑直覺翻滾閃身，古城才勉強避免被直接砍中。

「你為什麼要躲？」

「不躲就會死吧！」

「我叫你乖乖受死耶，女性公敵！竟敢玷汙我的雪菜！」

紗矢華無理相逼，仍猛揮長劍。古城只能一股勁地逃。

以實力而言，紗矢華的劍術和雪菜同等或更勝一籌。但氣急敗壞的她使勁過度，讓招式失去原本的凌厲。多虧如此，古城才能設法避開攻擊。

「嘴唇遊走於她的脖根，又吹氣又輕咬，那種事連我也很少有機會做耶！饒不了你！」

「妳那只是在嫉妒吧！」

「只要沒有你，她也不會碰上危險。雪菜根本沒理由和洛坦陵奇亞的殲教師或黑死皇派的殘黨戰鬥！」

「唔。」

紗矢華氣得忘我的話語，精確地戳中古城最不想被觸及的痛處。雪菜會將生活幾乎全耗費於監視古城、會被捲入危險的戰鬥，原因都出在他身上。如同古城持續被雪菜監視，雪菜也受到古城這個人束縛。無論再怎麼被糾纏不休、被嘮叨說教，古城也無法討厭她的理由正是如此。

「不只那個叫藍羽的女生，你還有妹妹、父母跟一大堆學校的朋友不是嗎！可是你卻想從我身邊搶走雪菜？搶走我唯一的朋友——！」

紗矢華的呼喊讓古城集中力渙散，面對她攻擊的反應便遲了一拍。

宛如銳不可擋的殺氣由虛化實，紗矢華舉劍刺出。直覺到自己避不開，古城覺悟到痛楚即將進逼而來——

「糟糕……！」

瞬時間，古城自覺體內出現變化，渾身汗毛直豎。將有巨大魔力覺醒的預感讓他感覺全身血液就要沸騰。對他的自我防衛本能起了反應，沉睡的眷獸準備甦醒，目前仍無法控制的新眷獸正蠢蠢欲動——

「咦？」

理應刺入的劍被彈開，紗矢華表情凍結。以古城為中心產生出一道不可視的牆，阻擋了她的攻擊。

不可視的牆其實是衝擊波。地鳴般的震動令樓頂水泥地出現龜裂，扭曲的大氣化成包圍古城的暴風。眷獸覺醒前的些許魔力餘波正掀起這等異變。隨後——

「古城！」

手足無措杵著的古城耳裡傳來少女尖叫的聲音，尖叫聲來自捧著寶特瓶的淺蔥。她買完東西回來了。

「欸，妳在做什麼？那把劍不會是真的吧——？」

注意到和古城對峙的紗矢華，淺蔥快步趕至。她的剛毅性情在如此局面完全是適得其反。預料外的事態接連發生，紗矢華也窮於應對。

「糟糕！別過來，淺蔥！」

古城顧不得形象大喊。他要抑止住失控的眷獸就已竭盡精神，全無餘力控制流洩而出的魔力。

「咦？好痛……啊……啊啊啊啊！」

震盪的空氣不分目標地釋放開來，變成破壞性的超音波撲向淺蔥。

淺蔥捂著兩耳痛苦掙扎，當場癱倒在地。承受不了急遽的氣壓變化，她失去了意識。

「快住手……曉古城！」

紗矢華舉劍怒喝。和淺蔥承受著相同的超音波，她之所以能夠平安無事，大概就是那柄劍在守護著她。但是它似乎沒有像雪菜的「雪霞狼」那般令古城魔力徹底失效的能力。承受不住釋出的龐大魔力，樓頂坍塌速度加劇。

「淺蔥！」

倒地不起的淺蔥，身軀即將受到樓頂塌坍波及。察覺危機的古城絕望地喊出聲音。

剎那間，彷彿金屬摩擦的尖銳聲音「鏗」的響起，有道嬌小身影翩然降臨於眾人頭上。

「——狻猊之神子暨高神劍巫於此祀求！」

制服裙襬及黑髮飛揚著降落的，是手握銀色長槍的女學生。她起舞般揮動長槍，奮然將槍尖扎入即將瓦解的樓頂。

「雪霞的神狼，化千劍奔揚之鳴為護盾，速速辟除凶災惡禍！」

她的禱詞牽動出澄澈音色，而銀槍呼應似的綻發光芒。

那是能破除萬般結界，連真祖魔力都可無效化的獅子王機關祕藏兵器「七式突擊降魔機槍（Schneewalzer）」所散發的光輝。

彷彿懾於其光輝，古城釋出的魔力停下了。眷獸在覺醒前引起的地鳴及氣旋也隨著消失，點燃於古城血液裡的高亢感同樣得到緩歇。雖然這並不代表成功控制住眷獸，總之讓它失控狂飆的危機似乎遠離了。樓頂到處呈現殘破廢墟的模樣，但千鈞一髮之際仍守住了淺蔥的平安。

古城和紗矢華兩個人同時力竭似的癱坐當場。

而緩緩朝他們走近的則是雪菜。

「你們兩個都跑來這裡，是在做些什麼？」

她粗聲粗氣地這麼說著，然後再次將「雪霞狼」豎於古城他們倆眼前。

雪菜大概是察覺到古城和紗矢華交手的動靜，才會從教室趕來。她纖瘦的肩膀在每次呼吸時都像躍動似的，微微上下起伏著。

「呃，還不都是……這個嫉妒女單方面找我麻煩——」

「不……不對。誰叫那個變態要背叛雪菜，做出不知羞恥的事——」

古城和紗矢華像是挨罵的小朋友，互指著對方怪罪。

雪菜用手抵著腰，語氣有如年長的大姊姊。

「雖然我大致可以想像發生了什麼事——紗矢華。」

「什……什麼？」

「監視第四真祖是我的任務，妳想要妨礙我嗎？意思是妳就這麼不能信任我？」

紗矢華像隻害怕的小貓，背部哆嗦起來，對著雪菜猛搖頭。

雪菜則深深嘆息：

「還有學長……眷獸要是在這裡失控會有什麼後果，這你當然了解吧？假如眾多學生遭遇到什麼危險，你打算怎麼負起責任呢？」

「……對不起，我在反省了。對不起。」

古城抱著想消失的念頭彎下背。

要是雪菜那時沒趕到，古城失控的魔力肯定已經對淺蔥造成傷害。想像到這一點，驚人的恐懼感便讓他顫抖。和失去淺蔥的恐懼一比，雪菜的辛辣說教簡直像慈母的寬恕之情。

可是，古城能鬆口氣的空閒也就到此為止。

「雪菜！妳離開時衝得好快，沒事吧？」

急急忙忙的腳步聲從樓梯傳來，有個穿著國中部制服的女學生跟著露面。是凪沙那熟悉的嗓音。凪沙吃驚地看了半毀的樓頂、暈倒的淺蔥及反省中的古城等人，接著問道：

「發生什麼事了？哇，這怎麼弄的？為什麼樓頂東西壞掉了？咦？淺蔥！她受傷了耶！要怎麼辦？」

「……請你們兩個暫時一起反省，我和凪沙會將藍羽學姊送到保健室。『雪霞狼』也麻煩你們幫忙看管。」

雪菜小聲這麼說完，就將折疊成收納狀態的槍遞給古城。

確實不能放著暈倒的淺蔥不管，話雖如此也不能扛著槍到保健室。而且古城總不能替沒有意識的淺蔥做應急治療，保健室那邊就由雪菜和凪沙帶她過去。雪菜的提議切實合理，所以古城也沒有異議。

除了一點以外。

「咦？要我們一起反省……是指這個嫉妒女和我嗎！」

「為……為為為什麼我要和這個不知羞恥的男人一起反省！」

古城和紗矢華一邊對彼此叫罵一邊抗議。

雪菜則用永凍冰層般澄澈的眼睛看著他們說：

「有意見嗎？」

古城和紗矢華毫不吭聲地搖搖頭，然後當場跪坐在地表示反省之意。

8

保健室裡沒有護士小姐的身影，待在那裡的是代替出差的她的亞斯塔露蒂。

其實亞斯塔露蒂原本執勤的地方是保健室，看上她方便使喚，那月才硬將人拖去當自己專用的女僕——真相好像就是如此。

而身為人工生命體的少女，目前則是在女僕裝外面披了白袍，服裝略顯錯亂地蹲在臥於床上的淺蔥旁邊。

她本來是醫療品廠商設計用於臨床實驗的人工生命體。醫療所需的基礎知識作為基礎配備，全都燒烙在她的遠事記憶（Flash Rom）當中。據說她的程度等同剛領到執照的新手醫生，具備高度醫療知識。

「——診查結束（Medical Check Completed）。」

簡單的診查告一段落，亞斯塔露蒂發出不帶感情的嗓音。

「推斷是衝擊波以及氣壓急遽變動所造成的輕微休克症狀，無需擔心後遺症。不過建議在本日內保持靜養。」

「我明白了，相當感謝妳。」

雪菜安心地呼氣，然後對完成診查的亞斯塔露蒂致謝。

亞斯塔露蒂露出有些困惑的表情，接著才回答：「領受（Accept）。」

雪菜原本緊繃的臉龐也稍稍恢復柔和。淺蔥沒有大礙是好消息，萬一聽說淺蔥並非平安無事，古城肯定會深深受創。

而曉凪沙有半截身子躲在安心的雪菜背後，慌慌張張地靜不下來。

「雪……雪菜，是女僕耶。我第一次看到真正的女僕。為什麼女僕會在保健室啊？或者那是改過樣式的白袍？這是她的服務方式？雪菜妳和她認識？」

「呃……」

凪沙接連不斷的疑問，讓雪菜有些不知所措。該怎麼回答才好？那些盡是她不知道的問題。於是有人代替困窘的她開口：

「亞斯塔露蒂是我偏用的女僕。曉凪沙。」

忽然走進保健室的那月毫不遲疑地斷言。

凪沙驚訝地瞪圓眼睛，轉過頭說：

「南……南宮老師，我哥哥平時受妳照顧了。那套衣服好可愛耶。」

「妳和妳哥哥不一樣，很懂禮貌嘛。」

面對規規矩矩行禮的凪沙，那月擺著架子回望，並且目中無人地露出微笑。即使是身體力行「唯我獨尊」四字的那月，被人誇獎裝扮似乎還是會開心。

而她朝持續昏睡的淺蔥瞥了一眼。

「所以，這幅光景應該歸咎於妳的監督不周嗎？轉學生？」

「是的。對不起。」

雪菜不找任何藉口地低頭賠罪。那月則意興闌珊地哼聲說：

「那事後的收拾一樣交給妳。本來我要去修理曉古城那傻瓜，但現在有急事得辦了。」

「——發現黑死皇派的潛匿地點了嗎？」

雪菜蹙起眉反問。

「似乎是在建造途中的增設人工島(Sub Float)，躲的地方還真是缺乏花樣。妳的心情我懂，但是可不要輕舉妄動。對付這次的恐怖分子是我們警察的工作。」

確認雪菜點頭以後，那月悠然笑道：

「我將亞斯塔露蒂留在這裡。看護的人手要是不夠，妳們可以使喚她。」

那月說完就立刻離開保健室。

在這段空檔，凪沙已經開始照顧昏睡的淺蔥。

說是照顧，其實也沒有什麼能做的事，頂多就是替她換毛巾、調整枕頭位置、望著她的長睫毛羨慕地發出嘆息，或是聞聞她的味道而已。

看見凪沙這些不由得令人聯想到和古城有血緣的舉動，雪菜不禁苦笑——就在這之後，淺蔥忽然醒了。

「咦……這裡是哪裡？保健室？」

好痛好痛——這麼說著的淺蔥按著頭，緩緩撐起上半身。

凪沙衝到她面前問：

「淺蔥，妳醒了？認得我嗎？這樣看起來是幾根手指？有沒有哪裡會痛？古城哥是不是對妳做了什麼？」

凪沙來勢洶洶的模樣，讓淺蔥愣了一會兒才開口：

「剛醒來就被連問這麼多問題，我消受不了耶。到底是發生什麼事了？」

「呃，聽說是頂樓管路破裂，妳因為那時的刺激昏倒了。」

「管路？破裂？啊～～這麼說來，我有耳鳴的印象。」

淺蔥皺起眉頭，彷彿回想起不快的體驗。

「嗯，可是耳鳴之前，我記得古城好像被一個怪女生拿刀追著跑……古城呢？」

「對不起，藍羽學姊，那個女生是我的朋友。曉學長也算沒有大礙。」

雪菜畏畏怯怯地來到淺蔥面前說明。

面對雪菜忽然的自白，淺蔥困惑地眨起眼。根本說來，淺蔥應該連雪菜出現在這裡的原因也不明白。

「……呃，記得妳是叫姬柊吧。為什麼妳的朋友要攻擊古城？」

淺蔥再合理不過的質疑，讓雪菜變得支支吾吾。

「那個，我在想……是不是她對曉學長感到嫉妒。」

「嫉妒？吃醋？是因為我和古城待在一起？」

「這個嘛，我想那也是其中一項因素。」

對於雪菜含糊的回答，淺蔥顯得有些焦躁。

紗矢華是因為古城從她身旁奪走雪菜而感到嫉妒，但是淺蔥當然不明白這點。淺蔥想得更為單純，她以為紗矢華是因為自己和古城要好才感到嫉妒——換句話說，紗矢華喜歡古城。淺蔥是這麼理解的。

這是淺蔥在心裡將紗矢華認成「敵人」的瞬間。

而凪沙當然也產生相同的誤解，便興致盎然地貼向雪菜問：

「這是怎麼回事？那個人不是彩海學園的學生吧？她好漂亮耶，古城哥什麼時候和那種女生認識的？留她和古城在一起沒關係嗎？他們兩個會不會產生奇怪的氣氛啊……？」

「咦？嗯……我想曉學長和紗矢華不會有事了……」

雪菜的句尾會莫名越說越小聲，是因為她也無法否定那兩人有可能又吵起來。但這種不乾不脆的態度，讓淺蔥更為焦躁地開口：

「為什麼妳能這樣肯定？」

「……淺蔥？」

對於淺蔥一反常態的尖銳語氣，凪沙貌似受了驚嚇而出聲。淺蔥則微微聳肩說：

「之前我就在介意了，妳和古城是什麼關係？妳總是和古城兩個人鬼鬼祟祟的，妳對他知道些什麼？」

「這個……對不起，我無可奉告。」

雪菜斷然搖頭。淺蔥更加火上心頭地瞪著她說：

「什麼話嘛。好，那我直接問古城──」

「呃，那個，藍羽學姊……！」

看淺蔥撥開被毯起身，雪菜連忙想阻止。

正是在這個時候，之前一聲不吭的亞斯塔露蒂開口介入雪菜她們的對話。

「——警告。在校內察覺到入侵者的動靜。」

「入侵者？」

對於根本沒有預想過的字眼，淺蔥等人自然不用說，連雪菜也愣然愣住了。

「總數兩名。由移動速度和跑完全程的能力研判，推定是未登錄魔族。」

亞斯塔露蒂平淡地繼續警告。雪菜立刻仰望樓頂說：

「魔族？該不會是針對曉學長來的？」

「否定。預計目標地點為現在位置，彩海學園保健室。」

「咦？」

雪菜一瞬間無法理解亞斯塔露蒂話裡所指之意。

而這樣的她突然被人緊揪住背後。

「不會吧……」

凪沙全身猛烈打著哆嗦，如此低喃。聽了那嗓音，雪菜大感吃驚。虛弱的低喃聲和凪沙平時活潑的態度判若兩人。她害怕得臉色發青，失去血色的指頭變得冷透，明顯讓人感到狀況不尋常。

「凪沙？」

「怎麼辦？雪菜……我……好怕……」

儘管疑惑，雪菜還是摟住像初生雛鳥般不停發抖的凪沙。

她聽說過「魔族特區」絃神島的居民，對魔族的存在已經習慣了。實際上，這座島嶼的人們就算在街上看到戴著魔族登錄證的魔族，連回頭都不大會。相較下，穿著短裙的女國中生還更能聚集群眾的視線。

登錄魔族的犯罪率遠比普通人要低，而且若發生魔族所為的犯罪，經武裝的特區警備隊就會大肆湧上。在這座島嶼，普通市民沒有理由要害怕魔族。

可是這樣一來，就無法解釋凪沙這種畏怯的模樣。

「雖然我不是很懂，我們逃吧。別待在這裡不就行了！」

也許是不忍再看凪沙發抖，淺蔥說著就走向保健室的出口。

然而在那之前，門就被粗魯打開了。

看見緩慢走進房間的身影，淺蔥發出短短驚呼。

現身擋住淺蔥去路的是個身穿灰色軍裝的高大男子。他臉上長滿銀色的獸毛，突出的嘴裡則露著尖牙。

「——獸人？」

聽見淺蔥嘀咕，凪沙從喉嚨發出「咿」的低鳴。雪菜摟著她的手使了力氣。

若只是對付一名獸人，她徒手也有自信能打倒。

然而，這是指雪菜隻身一人的狀況。要兼顧淺蔥和凪沙，即使是出其不意大概也難有勝算。何況凪沙處於這種狀態就更加沒希望。

把長槍留在樓頂完全是雪菜的失誤。雖說是在學校裡，她果然不該讓「雪霞狼」離手。

「葛里果雷，你找到人了？」

跟在獸人後頭，又一名穿軍裝的男子進來。這次的來者雖然處於人類形態，卻是個具備驚人威嚴感的年老男性。

「就是這三人當中之一啊，少校。一個個用聞的比較，立刻就能認出吧。」

獸人用不容易聽得明白的嗓音這麼說完，就甩開了手裡原本拿著的小小鞋子。

雪菜看了那個，頓時會意過來。他們是順著那隻鞋子的味道，一路來到這間保健室。換句話說，鞋子的主人就是他們要找的人。

哦——被稱作少校的男子嫌麻煩似的如此哼聲說道：

「日本人的長相難認得緊啊……也罷。全都一塊帶走，應該能充作談判的籌碼吧。當人質也行。」

「……」

淺蔥瞪著接近而來的獸人，一陣一陣地後退。

隨後，缺乏抑揚頓挫的無機質嗓音在室內響起，穿白袍的少女迅速走向前。

「——基於人工生命體保護條例之特例第二款，發動自衛權。執行吧，『薔薇的——』」

然而，她啟動人工眷獸的命令沒能說到最後。

因為被稱為少校的軍裝男子，用了連雪菜都不及反應的速度拔出手槍開火。

六發子彈瞬間打中亞斯塔露蒂，她的身軀旋即重重地撞在牆際。眼前展開的慘絕景像使得淺蔥等人閉口結舌。

「……少校？」

儘管對付的是人工生命體，上司對嬌小少女出手顯得過重，讓獸人男性露出納悶表情。

「從這具人偶身上能感覺到異樣的魔力在流動——是安裝了護身用的道具吧。」

被稱作少校的男子收起手槍，淡淡說出理由，口氣裡並沒有特別讓人感受到反省或後悔之意。

但雪菜明白他看似殘虐的舉動，以士兵而言是正確的判斷。

亞斯塔露蒂體內棲息著具備壓倒性戰鬥力的人工眷獸。能在毫無預備知識的情況下察覺其氣息，趁眷獸被召喚以前，就讓宿主失去戰鬥能力——這不是尋常軍人能下的判斷。這名男子是手腕高超的一流戰士，並非雪菜沒有帶著「雪霞狼」就能打倒的對手。不對，即使有

「雪霞狼」也難說能不能贏——

「啊，抱歉嚇著妳們了。安心吧，只要乖乖聽話，我無意加害於妳們。」

像是要對顫慄的雪菜等人表示關心，被稱作少校的男子用流暢的日語朝她們說道：

「藍羽淺蔥就在妳們當中啊，希望她能為我們處理一件差事。只要事情處理完，我保證妳們三個都能平安獲釋。」

「……你們是什麼人？」

淺蔥站向前，袒護著雪菜等人反問男子。她不可能不害怕，嗓音卻沒有顫抖。

對於淺蔥的勇敢模樣，被稱作少校的男子面露讚嘆。正因為他是重視勇猛的軍人，對於有勇氣的人就會表示敬意。這大概是他的作風。

「是我失禮。我們這些粗人只懂戰場的規矩，遲了向女士們報上姓名，我願意道歉。」

被稱為少校的男子紳士地如此說完，脫下帽子自我介紹：

「我名叫克里斯多福．賈德修——是戰王領域的退役軍人，現在則為革命運動者。倒也有人叫我恐怖分子。」

雪菜看著報上姓名的男子臉孔，心驚地倒抽一口氣。

突出的額頭與尖挺鷹勾鼻，富知性卻又具備峭厲威嚴感的老人面孔。

在他臉頰上有道顯眼的傷痕。大塊的舊傷痕——

第三章 機神覺醒

The Nalakuvera

1

線路穿過大樓空隙而遍布全城的單軌列車高架道上，有個少年正在狂奔。

彩海學園高中部的男生制服。短髮稍微染過，脖子則掛了一副密閉型耳機。是「第四真祖」曉古城的同班同學，矢瀨基樹。

「唉，可惡！偏偏要在那種地方失控，古城那傢伙！」

至今仍像暴風沙般殘留在耳的嗡鳴感，讓矢瀨不耐煩地咂嘴。

絃神島今天天氣晴朗，風勢也難得平穩。然而站在高架上的他，身邊卻有大樓風正強烈地肆虐。

「我的『聲響結界(Soundscape)』全變得稀巴爛了嘛！那傢伙的眷獸盡是一些成事不足、敗事有餘的貨色。」

矢瀨從口袋裡拿出幾顆藥劑。那與市售的感冒藥頗為類似，是塗成兩種顏色的膠囊。他將膠囊塞進嘴裡，連水都不喝，粗魯地嚼碎。

矢瀨基樹具有名為「聲響過度適應(Hyper Adapter)」的特殊體質。他並不是魔族，而是生為人類的異能者。若要用更簡單的字眼形容，就是超能力者。

矢瀨家是和魔族特區成立也有密切關係的大財閥，不過另一方面，他們同時也是這類異能人才輩出的家族。基樹自然也是非規格品(Irregular)之一。

矢瀨的聽覺經過某種念動力(Psychokinesis)增幅，擁有可以匹敵精密雷達的解析度。他能跟目視一樣觀測聲響。運用這種異常的聽覺，矢瀨設了覆蓋著彩海學園全體的監視網，時時監控著校內。古城也是他的監視對象之一。

只用於聆聽聲音反射的被動(Passive)能力——正因如此，即使像姬柊雪菜這樣擁有卓越靈視力的人，也無法察覺矢瀨的監視。

但是，他的「聲響結界」當然也有缺點。

如同鏡頭所拍的圖像受了強光就會過曝，爆炸性的大聲響會摧毀「聲響結界」。古城的眷獸散發出的振動波，威力要將細密結界扯碎可說綽綽有餘。

重新建構被摧毀的結界大約需時七十四分鐘。衝著這段毫無防備的時間帶，藍羽淺蔥被綁走了。

「可是，他居然會趁那時候找上淺蔥啊？那個叫賈德修的傢伙也實在夠瘋狂了！」

矢瀨又多加上幾顆膠囊，嘴裡一邊嘀咕著。

當時，古城的眷獸剛釋放出那等魔力。賈德修那伙人當然也有察覺到第四真祖的存在才對。然而在那個瞬間，彩海學園的保全系統已盡數癱瘓也是事實。甘願冒著與真祖碰上的風險，他們還是把成功綁票的時機視為優先，這種氣魄並不能等閒視之。

矢瀨所追的是黑死皇派用來載淺蔥等人的車。

箱型車時速近六十公里，而矢瀨只靠肉身追蹤。在他身邊以風速九十公尺颳起的順向風，讓他得以用那種速度持續飛奔。

麥克風與喇叭在原理上是同一種東西，只有電流訊號的流向不同。這點在矢瀨的能力上也是一樣。平時用於接收的「聆聽」能力，改用於輸出就能令空氣產生震動——現在的他可以憑自身意志捲起強風，將空氣流向操縱自如。

當然這並不是血肉之軀的人類可以不付任何代價使出的能力。

矢瀨所服的藥是能暫時增幅能力的化學藥劑，帶來的副作用也大，使用過度就得付出相應代價。即使如此，他現在也只能依靠這個。

「直升機場？打算將人帶出絃神島嗎……？」

察覺到黑死皇派的目的地，矢瀨才放緩速度。

那裡位於絃神島東區，是民營航空公司的直升機起落場。主要業務是拍攝航空照片以及乘載觀光客進行遊覽，不過也有提供機體出租。

那架直升機似乎早就待命於可以飛行的狀態，遭綁的淺蔥等人被載上去以後，立刻就離陸起飛。

要是讓他們遠走島外，就算靠矢瀨的能力也無法再追蹤。然而——

「——到得了嗎？」

矢瀨吞下大量藥劑，用耳機塞住耳朵並闔上眼皮。

體會著燒灼神經的滋味之餘，他解放能力。他的視野一口氣變得開闊，連數十公里遠的洋上也鮮明地反應於視覺。

在矢瀨頭上——上空數百公尺處出現的，是他以氣流製造而出的分身。他運用空氣的振動虛擬重現出肌肉及神經細胞，將自己的知覺移轉至那裡。這是矢瀨取名為「重氣流軀（Aerodyne）」的壓箱絕活。

箇中原理和靈媒使用的魂體出竅相同，但是重氣流軀再不濟仍具備肉體，能夠讓本尊接收到形同親眼所見的鮮明影像。

矢瀨發現了位於遙遠洋上的直升機目的地，卻感到滿腦子混亂。

「假如那就是黑死皇派的巢穴……這怎麼一回事？」

正是在這之後，矢瀨的本尊身後傳來挖苦般的說話聲。

「聲響操控啊。哦……挺稀奇的能力。和德魯伊魔法好像也不同，應該是與大陸仙道相同體系的能力吧？」

「什麼？」

矢瀨這項能力的缺點就是知覺轉移至分身的期間，本尊的感官敏銳度會變得極度低落。他勉強能對聲音做出反應，卻無法一併認出嗓音主人是何模樣。

而他感受到有龐大魔力在自己身後迸發。

可匹敵古城眷獸的爆發性壓迫感。

「這是什麼力量——！」

矢瀨的分身被閃光般的魔力吞沒而消滅。飛在數百公尺上空的氣流聚集體，是由某人從地上直接出手擊落。

逆流回來的痛覺讓矢瀨難受得呻吟，更在地上打滾驚呼：

「怎麼可能！你為什麼會……！」

看見站在眼前的男子身影，這回他真的說不出話了。

立於逆光中的修長男子笑著輕輕彈響手指，在他身後擺動生姿的則是蠕動的巨大火焰。

「抱歉，現在讓他們受到阻擾，我可就傷腦筋了——不要緊，這死不了人。大概啦。」

男子說完話以前，炎蛇已先將矢瀨腳下的地面鑿去。被高熱烤過的水泥塊爆散開來，受重力牽引而雪崩般坍塌陷落。

位於底下的是通往海洋的運河水面。矢瀨連慘叫也發不出就遭崩落的瓦礫殃及，連著聲勢浩大的飛沫沉入混濁水中。

2

這個時候，古城和煌坂紗矢華兩人正並肩坐在校舍後頭的逃生梯。

最初他們確實緊繃到弩張劍拔的地步，但是拖了一小時之久，也難免變得疲乏。

兩個人一副提不起勁的表情，茫茫然望著浮雲飄過，接著紗矢華「呼啊」打了個小小的呵欠。

古城將目光瞥向她那樣的臉龐。於是——

「——你……你看什麼啊？」

臉紅的紗矢華忽然對他怒目相視。

「喔。抱歉。」

古城欲振乏力地揮手道歉。對於他那種像是要趕走煩人小狗的舉動，紗矢華不悅地撇嘴。與這類似的空虛互動，從剛才已經不知重複過幾次，使他們的氣力一點一滴被奪走。

「欸，我們要保持這樣到什麼時候才可以？」

「一直到雪菜回來為止吧？」

紗矢華說著捧起擱在腿上的兩只容器。一個是裝了紗矢華那柄劍的鍵盤盒，另一個則是收著雪菜那柄長槍的吉他盒。

「先告訴你，其實我也不想和你這種不知羞恥的男人一起多待任何一刻。要是經由空氣感染讓我懷孕了，你怎麼負責？」

「誰辦得到那種事啊？妳把吸血鬼當成什麼啦！」

「要是你就難講了。你明明就吸了我的雪菜的血，明明就吸了我的雪菜的血。」

紗矢華語帶怨恨地嘀嘀咕咕，而古城深深嘆道：「真煩人。」

紗矢華比雪菜大一歲，這表示她與古城同年。

古城隱約有自覺兩個人正是因此賭氣。假如對方和雪菜一樣比他小，就算找了點麻煩還是能一笑置之；而如果紗矢華和那月一樣——先不論外表所見——比他年長，古城倒也願意忍讓。

當古城想著這些，不經意就與紗矢華對上目光。她似乎一直盯著思考得出神的古城。於是乎——

「我跟你說喔。」

「欸。」

他們不巧地同時開口。貌似不耐煩的紗矢華發出嘆息，催促古城：「你先說。」古城則無奈地聳肩說：

「那個……該怎麼說呢？抱歉。在很多方面。」

「啥？」

紗矢華愣得瞪大眼睛。

「你為什麼要道歉？很噁心耶。」

「煩死了！是說，我覺得妳之前講的那些話有道理。」

古城這麼說著將披在身上的連帽衣帽簷蓋到眼前。要他看著對方眼睛談這些，總覺得有些難為情。

「之前獵教師大叔鬧事那一次，還有這次的恐怖分子風波，姬柊都是因為我才會被捲進麻煩事。所以她的朋友會發脾氣，我覺得好像也在所難免。」

「……『都是因為你』，聽你這樣坦然承認，感覺反而像在炫耀耶。」

紗矢華怪不服氣地噘起嘴唇。

「原因確實是出於你啦，不過雪菜只是接到任務，不得已才要監視你，可不是她自己喜歡幫你忙喔。你又不需要在意。」

「呃……是這樣沒錯啦。再說她真的幫了大忙。」

古城面帶苦笑地搔頭。對抗意識太強烈使得紗矢華的話講到一半，變得像要為古城打氣。中途她察覺到這點才尷尬地說：

「你真是個奇怪的吸血鬼……一般來想，根本不會去感謝監視自己的人吧。難道你有那方面的喜好？」

「我感謝的並不是她監視我這一點啦。」

古城口氣不悅地回嘴。

「哎，監視會讓我困擾，不過姬柊畢竟是個好人。」

「我本來以為你這男的無可救藥，但看來好像多少還有看人的眼光嘛。光這一點我可以認同。」

紗矢華臉色莫名開心。雪菜被人稱讚果然會讓她心情愉快，她真的很喜歡雪菜。古城如此感到溫馨的同時，心裡也煩悶地產生疑問：「為什麼對我要這麼高姿態？」然而紗矢華卻越來越得意地說：

「可是，你用『好人』這種陳腐的形容就讓我不以為然了。既然要稱讚雪菜，你總得表現出相當的覺悟與誠意才可以。」

「……會需要覺悟和誠意的稱讚方式，是怎麼樣來著？」

「這沒有那麼困難啊。只要一五一十將雪菜的模樣忠實形容出來就可以了。玲瓏細緻的肌膚，淡金色胎毛，鎖骨底下的小黑痣。從天使翅膀般的肩胛骨，直到緊實側腹及骨盆的高低差所交織出的黃金比例——！」

「——這些全是對外表，或者說是對她身體的敘述嘛！」

紗矢華滔滔不絕地談起雪菜的魅力，讓古城忍無可忍地開口制止。

「還有其他更該稱讚的部分吧！話說，讓妳來講總覺得太生動入微了啦！」

「……要我提外表以外的部分？」

你這男的果然得提防——眼裡起了這般戒心的紗矢華望著古城。

「這個嘛，我確實也曾偷偷鑽進雪菜的床上。被她的餘香包覆，那真是一段無比幸福的時光呢。」

「——誰叫妳稱讚她的味道了！」

古城猛烈感到頭痛，低聲抱怨：

「不是那樣，要誇獎她的個性啦！例如她很認真又努力勤奮；還有明明怕生卻意外體貼別人；或是個性強勢卻往往容易心軟被別人說動之類——」

「你……你很行嘛，曉古城。」

紗矢華瞠目結舌地望著古城。

「沒想到你居然能和我較勁到這種地步。」

「呃，我也不是在跟妳較勁啦。」

追根究柢，兩邊的話題根本就沒兜攏過吧？這麼想著，古城感到一陣疲軟。

「先告訴你，我可是和雪菜一起洗過澡的！」

「誰在乎！妳莫名其妙冒出競爭意識，我很傷腦筋耶！」

「你煩死了！我從雪菜七歲的時候就和她在一起了。比起她真正的家人，我和她相處的時間還更久——」

紗矢華耀武揚威似的將自己的手機抵到古城面前。

顯示在手機螢幕上的是兩名年幼少女的舊照片。

年齡各為七、八歲左右。是堅毅目光讓人留下印象的少女，以及淡栗色頭髮的少女。以寒冬景色為背景，赤腳的她們彷彿只憑兩人之力就要和世界對抗，緊緊握著彼此的手依偎在一起。

看了雪菜那模樣，古城忽然想到。

雪菜說過，她不記得自己父母的事。

關於這一點，恐怕紗矢華也是相同的。獅子王機關從全國收集孤兒，將他們培育成年輕優秀的攻魔師。

紗矢華說她在雪菜的身邊待得比真正家人更久。不過這也表示對她來說，雪菜也陪伴在

她身邊待了一樣長的時間。

曾經喪失家人的紗矢華，經過長久年月總算才得到的新家人就是雪菜。用這種觀點思考，古城覺得自己也能體諒紗矢華對雪菜的過度疼愛。

「哦——這張照片確實算可愛啦。」

古城再次看了少女們的照片。雪菜和紗矢華從當時就看得出現在的長相，正因如此更讓人覺得年幼，彷彿看著將她們縮小比例後的造型角色。

那還用說——紗矢華自豪地挺胸。

「一開始我就這麼說過吧？我的雪菜可是天使。」

「呃，當然也包括姬柊啦，不過妳也是從那時就很漂亮耶。」

「啥……！」

古城沒經多想而發表的評語，讓紗矢華大感心驚而全身僵硬。

古城心裡並沒有意識到自己講了什麼特別的話。雖然紗矢華個性相當有問題，但只要不講話，毫無疑問就是個美女。特別是照片上年幼的她，有種妖精般嬌憐的氣息。如果這時期的雪菜是天使，古城認為紗矢華肯定也屬於相同種族。

「白……白痴……你……你說什麼……」

可是古城無心的一句話，讓紗矢華露出滑稽的慌張模樣。白皙肌膚像燙熟似的染成通紅，雙肩則頻頻發顫。結果——

「——我還是應該在這裡宰了你！」

「為什麼會變這樣！」

紗矢華忽然拔劍站起身，古城連忙從她旁邊縱身退避。

而在他們視野的一隅，瞬時間有強烈閃光亮起。

晚了一會，沉沉的爆炸聲響起。在空中如煙火般炸開的橘色火球，在撒下黑色碎片後消散而去。接著則有怵目驚心的火焰伴隨著黑煙，自地面噴湧向高空。

「剛才那是怎麼回事？看起來像直升機被擊落了耶。」

「墜機事故嗎？或者，該不會——」

古城和紗矢華愕然呆站著嘀咕。

一擊將直升機打下——代表那是地對空飛彈或性質相近的武器。會在街區發射那種玩意的，一般想來，不就是被稱為恐怖分子的人種？

「難道說，是黑死皇派？」

「那個方向……是正在施工增建的人工島附近嗎！」

紗矢華和古城同時大喊，慌慌張張地開始跑下逃生梯。

雖然雪菜叫他們要乖乖反省，但如果黑死皇派真的出現鬧事，就不是在這種地方悠哉的時候了。

儘管直升機被擊落，感覺與納拉克維勒並不會有關連。但黑死皇派原本就是恐怖組織，無法撇清他們在街區發動無差別攻擊的可能性。不能坐視不理。

然而衝到校舍一樓時，古城忽然停下腳步。紗矢華一臉困擾地推開擋住通路的古城。

「你怎麼了？曉古城？擋到路了耶！」

「怎麼搞的？這股氣味……！」

「氣味？」

彷彿受古城的話牽引，紗矢華哼聲。她的臉色變為困惑，因為她也嗅到瀰漫於學校裡的淡淡異味了。

「血腥味？」

「不對……雖然很像，但這不是血……」

古城從附近開啟的窗戶直接翻進校舍當中，極度接近血的濃密異味變得強勁。察覺到氣味來源，古城拔腿猛衝，然後用力打開保健室的門。

「——亞斯塔露蒂？」

古城在那裡目睹的是人工生命體少女躺在地上，沾滿淡紅色體液的身影。

「這傷口……槍傷？到底發生什麼事了！」

趕來的紗矢華則將亞斯塔露蒂的衣服拉開，確認傷口狀況。留在她嬌小身軀的是被數發子彈擊中的悽慘傷痕。

儘管亞斯塔露蒂已經動彈不得，但好像勉強還留有意識。她以目視確認古城的模樣，滿口是血地發出微弱氣息說：

「——向你報告，第四真祖。距目前時刻二十五分鐘十三秒前，自稱克里斯多福・賈德修的人物出現於本校校內。藍羽淺蔥、曉凪沙、姬柊雪菜三人被帶走了。」

「什……！」

亞斯塔露蒂轉達的情報讓古城結舌。

沒錯，雪菜確實說過會帶淺蔥到保健室，凪沙應該也和她們一起才對。可是留在保健室裡的卻只有渾身是血的亞斯塔露蒂，雪菜她們三個都不見人影——

「對方去向不明。我要向你謝罪……我沒有……保護好她們……」

亞斯塔露蒂的淡藍色瞳孔蕩漾。她的喉嚨一咳，湧出大量血沫。照原本來講，她目前並非能說話的身體狀況，光是還活著就已接近奇蹟。

「唔……喂，亞斯塔露蒂！妳振作點，亞斯塔露蒂——！」

古城朝人工生命體少女的耳邊豁勁呼喚。

在他旁邊，紗矢華正開始拚命為亞斯塔露蒂止血。

3

雪菜等人待在一個窗口被封住的狹窄房間裡。

那裡原本應該是用於保管食糧一類的倉庫。連張椅子也沒擺的空蕩房間，天花板看得見暴露在外的管線，地板則生有鐵鏽。

由於她們是矇著眼被帶來這裡，對周圍的環境並不明白。這裡恐怕是某處的地下室。會覺得建築物正緩緩搖晃，也許是一路被直升機載來造成的影響。

「欸……妳覺得這裡會是什麼地方？」

淺蔥屈膝坐在空木箱上嘀咕。

她的表情會比平時緊繃，也許是認為自己害雪菜等人被抓而感覺到責任。但是，淺蔥似乎並沒有慌亂。

對此感到放心的雪菜搖頭說：

「我不清楚。搭直升機飛行的時間大約是十分鐘，所以我覺得我們並沒有被帶到多遠的地方……」

看了雪菜的反應，淺蔥納悶地瞇起眼問：

「妳真冷靜耶。不覺得害怕嗎？」

「咦？啊，不會……沒那種事，藍……藍羽學姊也很鎮定耶。」

會嗎？淺蔥害羞似的這麼嘀咕，然後望著凪沙睡著的臉龐。

凪沙仍然沒有意識，癱靠在旁邊的雪菜肩膀上。淺蔥應該會認為是遭綁架太過恐懼才令她陷入昏迷。

不過，其實是雪菜在凪沙快要陷入錯亂狀態時，出手將她打暈的。這種粗魯的做法雖然不太能讚揚，但如果放著凪沙那樣不管，甚至會有精神崩潰的危險。

凪沙對於魔族感到的恐懼，總讓人感到有些異常。以魔族特區的居民而言，她這樣明顯不自然。

「——看到凪沙那樣，我會覺得自己要振作才行嘛。」

淺蔥彷彿察覺到雪菜的疑心，苦笑著說明。

「古城他們家搬來絃神島的理由，妳知道嗎？」

「……我不知道。」

雪菜緩緩搖頭。古城一家遷入魔族特區是在四年前。關於原因，就連獅子王機關的報告書也沒有記載——儘管要移居魔族特區需經過嚴格審查。

「這些話，我希望只在這裡提過就好。」

淺蔥豎起食指放到唇邊，目光則微微低垂。她難得顯露出這種不經修飾的認真表情。

「凪沙她有過差點沒命的經驗。」

「咦？」

「四年前，她被捲入和魔族有關的列車意外。雖然勉強保住了性命，聽說本來也許是一輩子都不會恢復意識，更別說恢復原來的生活——」

淺蔥說著微微搖頭。看似啞然的雪菜嘴唇不住顫抖。

「可是，凪沙都沒提過這些——」

「嗯。詳細情況我也不太清楚就是了，但她好像接受過某種特殊治療。妳想嘛，這裡是魔族特區啊。」

淺蔥的說明讓雪菜沉默下來。

絃神島——魔族特區屬於學術都市。透過研究魔族的肉體和能力，日日都有應用其特質的技術或產品進行研發。而那些研究主題當中應該也囊括最先進的醫療技術，包含未受認可、尚在實驗階段的醫療技術。

「她的傷已經完全痊癒了，但不知道現在是不是還會定期去接受檢查，好像也花了很多錢。古城的爸媽會離婚，媽媽又不常回到家裡，我覺得和那件事不無關係。」

說到這裡，淺蔥誇張地聳肩。看來談這些正經話題，是讓她覺得不合本色而害羞了。

「凪沙害怕魔族，這會不會就是原因？」

「這種事我也不方便問她本人，但如果真是這樣也難免吧。」

雪菜默默點頭。

她覺得自己能明白古城不情願地獲得吸血鬼之力以後，會對妹妹拚命隱瞞的原因了。要是凪沙發現親人變成了魔族，他們肯定會失去現在的生活吧。

「還有，對不起。我連累妳們了。」

像是替沉默下來的雪菜著想，淺蔥忽然用平時的輕鬆口吻賠罪。

雪菜懷著罪惡感搖頭。對於黑死皇派的犯行，淺蔥不需感覺自己有責任。該怪罪的，反而是沒將她們保護好的雪菜。

「藍羽學姊，妳知道自己為什麼會被抓嗎？」

「唔，完全不懂。」

淺蔥雙手一攤發出嘆息。

「哎，不過我倒不是心裡沒底啦。畢竟那些人好像有什麼差事想交給我處理。」

「妳是說……差事嗎？」

雪菜愣著歪頭反問。雖然我都瞞著學校啦——這麼坦承的淺蔥微微吐舌說：

「因為我有在打工，類似自由程式設計師，偶爾也會碰到非法的駭客工作委託。邀約得這麼強硬的倒還是第一次。」

「駭客性質的打工……嗎？」

雪菜更困惑了。雖然她的咒術知識勝過國家攻魔官，不過英才教育也留下害處。她對咒術以外的領域，只具備普通國中女生以下的知識量。就算聽過駭客一詞，雪菜也無法想像具體內容。

「就是會用到電腦的特殊工作啦。有時候會設計一些方便的程式，有時候則是要入侵其他公司的網路，還有像解讀密碼也是。」

「黑死皇派……為什麼要特地委託妳這種工作呢？」

對於被特區警備隊追捕的黑死皇派來說，哪怕只是動手綁架高中女生，應該也屬於具有相當風險的行為。難以理解他們寧願冒著這種危險，也想得到一名程式設計師的理由。

「這我也覺得很不可思議。黑死皇派就是那個嘛，幾年前在歐洲造成話題的恐怖分子。實在不懂那種人為什麼會看上我。」

淺蔥正用收不到訊號的手機代替鏡子，整理亂掉的劉海。像她這樣，看起來終究只是一個普通的高中女生，怎麼也不覺得她會是賈德修看上的特殊人才。然而——

「——這麼一說，妳似乎缺乏身為名人的自覺啊，藍羽小姐。」

忽然間，賈德修開門進房，用了符合軍人本色的響亮嗓音這麼說道。倒抽口氣的淺蔥轉頭回望。

在賈德修背後有兩名穿著都市用迷彩軍裝的護衛，恐怕全是獸人。

「至少在我們聘用的技術人員當中，可沒有人不知道妳的名字。儘管他們大概實在想不到，『電子女帝』的本尊會是這麼可愛的小姑娘就是了。」

「難道你以為我聽了這麼明顯的客套話，就會有意願幫忙？」

淺蔥毫不畏懼地抬頭瞪著長相兇悍的賈德修。

對於她的反應，老將校貌似滿意地笑道：

「失禮了。雖然我沒有空口奉承的意思，但我們對妳冷靜毅然的態度給予高評價。我無意輕視在這種狀況下驚慌的民眾，不過我可沒有意願把重要差事交給那種人。」

賈德修俯視著依然持續昏睡的凪沙，漠然相告。

淺蔥惱火似的起身說：

「既然你們只有事要找我，就先放她們兩個回去。要交易等放了人再說。」

「假如妳無論如何都要求放人，我勉為其難可以照辦。」

賈德修平靜地苦笑。

「但妳要是真心希望她們平安，我無法支持妳下的判斷。」

「什麼意思？先說清楚了，萬一你們碰了她們一根指頭——」

「我們是紀律嚴整的戰士集團，沒有人會做出對非戰鬥人員輕薄的低劣行為。」

彷彿要一掃淺蔥的疑慮，賈德修低沉毅然的嗓音響起。

即使如此，淺蔥仍沒有從他邪氣的雙眸上移開目光。

「可是你明明開槍射了保健室裡的人工生命體耶？」

「她是戰鬥的道具，和我們一樣。」

賈德修平靜地這麼說完，接著就像哀悼亞斯塔露蒂似的垂下目光。與用詞正好相反，滿懷敬意的嗓音讓人感受到他身為戰士的堅定信念。

「……我可以信任你們吧？」

「我以身故的盟友，黑死皇之名向妳發誓。」

「好。總之，只聽內容我還願意。做個說明吧。」

淺蔥深深嘆息以後，沉沉地坐到木箱上。

賈德修貌似滿足地在嘴邊露出笑意，然後對部下使了眼色。

男性部下遞到淺蔥面前的，是厚厚一疊用打孔資料夾裝訂的文件。那是電子機械的設計書及說明手冊。

「妳看得懂這些嗎？」

「──『sovereign Ⅸ』？你從哪裡弄到這種東西的？」

淺蔥翻著用英文寫的說明手冊，發出驚訝之語。

「有慈善家贊同我們的理念。他透過黑市交易，為我們買下了原本預定會交給奧斯特拉西亞軍的貨品。這似乎和妳在絃神島管理公社使用的超級電腦同機型，屬於最新機種。」

「你是不是要我用這玩意去分析那個叫納拉克維勒還什麼來著的古代兵器操控指令？」

淺蔥嘀咕得若無其事。

這次則換賈德修倒抽一口氣。他應該實在沒想到，無瓜葛的淺蔥竟然會知道有名叫納拉克維勒的古代兵器存在。

「看來，我們必須把對妳的評價再提高幾個等級。太了不起了。」

「昨天送了無聊謎題來我這裡的，果然就是你們吧。」

淺蔥不愉快地皺著臉。賈德修鄭重點頭回答：

「我們之前曾將相同內容的郵件寄給一百五十名以上的駭客，但最後能解讀妳所謂『無聊謎題』的只有八人。當中只有妳導出毫無矛盾的正確答案，而且還是在三小時不到的極短時間內。」

「我也有很多因素啦，比如想逃避現實之類。」

不知道為什麼，淺蔥嘔氣般喃喃自語，還朝旁邊的雪菜瞥了一眼。困惑的雪菜眨著眼

睛，然後怪內疚地將目光別開。

賈德修並沒有發覺，繼續說道：

「我們的目的在於即刻毀棄那令人深惡痛絕的聖域條約，以及抹殺背叛我們魔族的第一真祖。為了達成這份悲壯心願，就需要納拉克維勒的力量。」

「聽了這種話，我哪有可能幫忙你啊。那種計畫要是實現了，最壞的情況下，會牽連全世界發動戰爭耶！」

淺蔥將說明手冊摔在地板大罵。賈德修揚起嘴唇笑道：

「但我們正希望世界變成那副模樣——和你們的價值觀確實互不相容啊。不過即使如此……不對，正因如此，我相信妳會願意幫忙我們。」

「啥？你說什麼啊？我哪有可能——」

「妳認不認得這個？」

賈德修說著從部下手裡接過一塊薄型平板電腦。

顯示在上面的是一串奇怪的長文字列。儘管看似咒語，卻與雪菜所知的任何魔法術式都不相符，可是感覺也不像無意義的文章。

看來似乎是將某種複雜算式變換成人類可發音的形式所得到的產物。淺蔥不悅地看著那些說：

「是我解讀過的那段暗號……用來操控古代兵器的指令嘛。不過那也只占了全體的一部分，不是嗎？」

「正是如此。和納拉克維勒一起出土的石碑總共有五十四塊，這不過是那當中的區區一塊罷了。可是，妳記不記得寫在上頭的內容？」

「難道說……你們……」

聽了賈德修的話，淺蔥神情驟變。

戰王領域的恐怖分子愉快而冷酷地笑了。

「沒錯。這塊碑文的內容是『導言』——也就是納拉克維勒的啟動指令。」

4

古城靠著保健室牆壁，身體正發出哆嗦。即使試著打淺蔥她們的手機，也只聽到告知收不到訊號的短暫語音而已。

黑死皇派將她們抓走的情報，看來果然沒有錯。

但古城不懂其中理由。雪菜確實正在追查黑死皇派的下落，話雖如此，這也不會構成讓她被綁架的理由才對。更別說淺蔥和凪沙，應該都和黑死皇派沒有關聯——

「不對……」

只有一個要素將她們串連在一起。想起這一點，古城咬牙格格作響。

納拉克維勒。雖然是古城委託淺蔥，要她調查走私的古代兵器，可是淺蔥似乎從一開始就知道那個字眼，而且她對記載著納拉克維勒操控方式的石碑也曾表示掛懷。

淺蔥解讀暗號的實力，古城也很了解。假如黑死皇派那伙人認為她的那種能力可以運用於解讀石碑——

「曉古城，你還沒叫救護車嗎——？」

打斷古城思緒的是紗矢華急迫的說話聲。

她正忙著為身負重傷的亞斯塔露蒂治療。

「已經叫他們調救護車來了，可是好像沒辦法立刻趕到。」

「為什麼！」

「不知道。可是大概和剛才直升機墜落不無關係吧。要不是車輛全部出動了，就是道路遭到封閉。」

「這樣嗎……原來如此……」

紗矢華苦惱似的咬著嘴唇。

「這樣下去她會撐不了，至少得阻止體液繼續流出。」

「妳的意思是止血嗎？可是——」

妳辦得到這種事？這句話古城險險說出口。

亞斯塔露蒂受的槍傷嚴重得換成普通人就會當場斃命。雖然體內寄宿強大的人工眷獸，但她並非被調整成戰鬥用的人工生命體，肉體強度應與常人沒有太大差異。

「不要緊，由我來處理。你把消毒液和繃帶全拿來。」

紗矢華的語氣像是拋開了迷惘，說完便挽起制服袖口並拿出某種東西。那是長約十五公分，細得眼睛幾乎看不見的金屬針。

「煌坂！」

「神經構造圖比同I類型的人類型。這樣的話勉強有辦法——」

她嘴裡這麼嘀咕，跟著便將這根針插入亞斯塔露蒂的背脊。

「別擔心，這就像針灸治療。我要讓她的肉體進入假死狀態，只留下維持生命所需的最低限度活動。這樣因為失血而對身體組織和腦部造成的傷害，應該就能抑止到最小了。」

「……針灸治療……妳會啊？」

古城遲疑之餘，看向紗矢華纖細的指頭。儘管在這種狀況下能仰賴的除了她以外，確實別無他人——

於是紗矢華露出好強的笑容，彷彿說給自己聽似的開口：

「我說過獅子王機關的舞威媛是詛咒及暗殺的專家吧？操縱人的生死就是我的工作喔。我絕對不會讓雪菜救過一次的女生在我眼前死掉，絕對不會！」

紗矢華露出認真得嚇人的表情。

她那副模樣讓古城受到吸引。紗矢華堅持不懈地為亞斯塔露蒂治療而沾滿血的模樣，有某種莊嚴感，甚至顯得美麗動人。舞威媛——亦即舞伶或巫女的別稱。她的本質應該也和雪菜一樣，屬於耳聽眾神聲音、眼觀森羅萬象的靈能力者。

「……第四真祖，我在此向你提議……」

無力倒臥著的人工生命體少女，用聽起來氣若游絲的聲音叫住古城。古城則將耳朵湊到她嘴邊。

「亞斯塔露蒂？」

「南宮那月（Master）目前……為了緝捕黑死皇派……正前往他們的藏身處……照推論，帶走藍羽淺蔥和另外兩位的克里斯多福·賈德修，同樣會到黑死皇派的巢穴……」

「……意思是說淺蔥她們說不定就是被抓到那月美眉要去的地方？」

「我表示肯定。」

該轉達的資訊全部說完了。亞斯塔露蒂露出這般表情，闔上眼睛，然後便徹底失去意識，有如死者深度昏睡。然而——

「這樣大概就不要緊了。魔族特區內的醫院應該也設有人工生命體用的調整槽，而且也不會對移植的臟器產生排斥反應。」

紗矢華癱坐在地說道。她嘴邊透露出滿足的笑意。

「這樣啊。真是幫了大忙，煌坂妳在這裡實在是太好了。」

古城安心地呼氣，然後將手伸到紗矢華面前。她則握住那隻手，起身說道：

「咦？嗯，謝謝……慢著，我又不是為了你才做這些的！」

紗矢華猛一回神，又粗魯地甩開古城的手。手背被她這麼用力一拍，古城也忍不住豎著眉說：

「痛耶！妳怎麼回事啊？」

「沒事啦。你給我去死一死……哎喲。」

紗矢華撂話般說完，走向保健室備有的洗臉台。她是去清洗沾滿污血的手。

古城趁這段空檔，再次拿出手機。他找出那月的號碼撥出，可是——

「——電話終究不通嗎！可惡，就算那月美眉知道恐怖分子的巢穴在哪，要緊的是她人在哪裡，搞不清楚的話根本沒意義嘛！」

早早放棄的古城掛斷沒回應的電話，焦躁地嘆了氣。

要是如亞斯塔露蒂所說，那月等人去了黑死皇派的巢穴，恐怕會發生戰鬥，被黑死皇派帶走的淺蔥她們被捲入戰鬥的可能性就非常高。非得趁那之前和那月會合，告訴她三人遭綁架的事才行。

然而古城現在最要緊的是要找出那月人在哪，卻苦無手段——

「曉古城，你說那個人工生命體的主人是去緝捕黑死皇派吧？」

洗掉人工血液才回來的紗矢華，一邊脫去弄髒的夏季毛衣一邊問道。

「是啊。」

「既然這樣，就會演變成大規模戰鬥吧？」

「我了解。所以我才這麼焦急啊。」

古城不耐煩地回嘴。紗矢華則一臉傻眼地看著這樣的他。她用名偵探逗弄愚魯刑警般的口氣說道：

「那麼我考你。假如現在有大規模戰鬥發生在這座島上，地點會在哪裡？」

「啊……」

會有地對空飛彈竄出，讓直升機爆炸的盛大戰場。古城想到有可能的地點，「啪」的拍響雙手。

5

構成絃神島的是東西南北四座超大型浮體構造物，不過其實在島的外圍，另外存在著眾多零碎的增建區塊。

比如儲存原油等物資的海上貨艙、用於修理船舶的漂浮船塢，或者只為了一股腦將不可燃垃圾往裡頭塞而建造的廢棄物處理槽，都包含在那當中。而絃神島第十三號增設人工島，就是正在建設中的這類垃圾掩埋設施之一。

「——客人，不好意思，這前面沒辦法過去喔。警察將道路封鎖了。」

在與沿岸相連的增設人工島跟前，計程車司機停下車。待在後座的紗矢華和古城則挺出身子望向前方景色。

半徑約五公里，朝海面突出的扇形大地。

那令人聯想到填造中的海埔新生地，是一塊平坦遼闊的土地。與海埔新生地的差異大概就只有土地整體被厚重鋼板覆蓋這點。

連接增設人工島的橋邊，確實架設著黃色與黑色的路障，也有打開紅色燈號的巡邏車。

「我聽同行說啊，在這前面發現了國際指名通緝中的恐怖分子。你們聽，有聽見那聲音吧？那是槍聲啦。我幹這行以前是待在島原的內戰地帶，所以很清楚。」

司機這麼說完，就朝隔著車窗斷斷續續傳來的炸裂聲聳肩示意。

喔，原來如此——紗矢華隨口這麼附和以後又說：

「我明白了，謝謝你。我們在這裡下車。」

「好。八百九十圓。」

司機並沒有特意攔阻古城他們，爽快乾脆地只顧收取費用。

渾身散發血腥味，又扛著詭異樂器盒的高中生男女二人組。即使司機不想和他們牽扯，倒也難免——

「他說完囉，曉古城。好了啦，快付錢。」

「好什麼好！妳也有向獅子王機關領薪水吧！報公帳啦！」

「我沒有帶錢包啊。你是真祖吧，這點小錢自己付。然後快點去死。」

「誰理妳！連錢包都沒帶就不要攔計程車！」

古城嘀嘀咕咕抱怨，不得已還是付了車錢。對身為貧窮高中生的古城來說，哪怕是計程車費也算大開銷。

根本來說，幸虧是奢侈地搭乘計程車，移動時間大幅縮短了。離開學校以後，到這裡所

花費的時間大約十五分鐘。在廣闊的增設人工島前端，墜落的直升機殘骸仍在燃燒。而在白煙瀰漫當中，槍戰至今還在持續著。

「這樣幾乎就是戰爭了嘛……」

古城聽著接連不斷的槍響，也因為無從發洩的焦躁而發出嘀咕。

這座施工中的增設人工島上，到處都有朽木般的工程用吊車和監測塔林立。其中最大的監測塔則是高如五層樓大廈的圓筒形建築物。

圍著那座監測塔，已有幾輛覆蓋厚重鐵板的裝甲車布署就位。

特區警備隊的眾多機動隊員正從車後用步槍及其他武器大肆開火，每波攻勢都讓對方陣營一再從監測塔反擊，熾烈的槍戰貌似陷入膠著狀態。

在監視塔周遭則有遭到摧毀的裝甲車殘骸散亂各處，負傷者數量也不少。宛如一場敵我雙方都深陷於泥沼的消耗戰，並非古城他們這種民眾能大搖大擺出來露面的氛圍。

「看來恐怖分子固守在那裡。」

紗矢華冷靜地望著那般戰況說道。

「固守？守在這種地方？」

古城用狐疑的目光看她。

既無法期待同伴來救援，武器彈藥又有限，這種狀況下黑死皇派固守塔中可說全無益

處。賈德修原為軍隊將校，實在不讓人覺得他會選擇這種愚蠢戰術。

然而紗矢華指著持續燃燒的直升機殘骸說：

「那些恐怖分子本來會不會是計畫用那個逃脫呢？可是直升機被特區警備隊擊落，他們就失去逃亡手段了。」

「所以他們才被迫守在那裡面嗎？」

哦——古城如此哼聲。紗矢華的說明感覺姑且說得通。走投無路的罪犯就近找了建築物踞守其中，是典型的困守圍城模式。

不過，雖然沒辦法用話語表達清楚，古城心裡仍留著一股奇妙的異樣感。

「在這種視野開闊的地方讓直升機降落，簡直就像大大方方要別人把那轟下來吧——」

「咦？」

「呃，沒什麼。重要的是黑死皇派既然無路可逃，姬柊她們有沒有可能被當作人質？」

「人……人質……」

瞬時間，紗矢華嬌小的臉龐失去血色。心想「糟糕」的古城咂嘴。他不留心的一句話，讓紗矢華徹底喪失冷靜了。

紗矢華毫不猶豫地從扛著的鍵盤盒裡抽出長劍。

「我必須……去救她才行，雪菜……！」

「冷靜點，煌坂！特區警備隊將人工島的入口封鎖了。妳揮著那種東西衝進去，一下子就會被逮捕！」

架住紗矢華的古城在她耳邊大吼。

紗矢華掙扎著說：

「妳要我怎麼設法？」

「那……那我也知道啦！你就不能設法嗎？」

「用術法啊，術法。比如用邪眼迷惑警察，或者變成霧穿過去，或者飛到空中之類。」

「我不會那種非人類的特技啦！」

「啥？你是吸血鬼真祖吧？」

紗矢華愕然回頭望向據實以告的古城。

「我說過了吧，我直到前陣子都還只是普通的人類！」

「眷獸呢？第四真祖的十二匹眷獸裡，就沒有哪一隻的能力合用嗎？」

被人用充滿期待的目光看著，古城勢弱般變得吞吞吐吐。

「呃，那個……目前會規規矩矩聽我使喚的眷獸，就只有一匹而已。那隻會霹哩啪啦放電的傢伙也是因為不久前我吸了姬柊的血，才總算認我為宿主。」

「什麼……？」

紗矢華使勁握起左手的劍。

「難道奧爾迪亞魯公之前提到的靈媒，就是指那件事……？所以雪菜讓你吸血是為了防止眷獸失控？那你剛才在樓頂用的眷獸又是什麼——？」

「那不是我用的，只是有一匹想擅自跑出來而已。」

「你說『擅自』……」

目眩的紗矢華無力地搖搖晃晃後退。

然後，她彷彿下了什麼決心似的豎起柳眉，狠狠瞪向將道路封鎖的警員們。

「現在我夠清楚了，你根本靠不住。既然這樣還是得由我……」

「慢著慢著！妳打算做什麼！」

古城連忙擋到臉色鬼氣逼人的紗矢華面前。

「不要緊，我不會失手留下證據。」

「我不是在講這個！哎，可惡！總之過去對面的增設人工島就行了吧？」

「……你打算做什麼？」

紗矢華眼帶懷疑地望著貌似橫下心的古城。

古城揹起裝著長槍的吉他盒，隨後大步走向紗矢華身旁開口：

「抱歉，妳暫時不要動。」

「咦？等等……呀啊！」

紗矢華被人像公主一樣抱起，驚訝得全身僵硬。

古城則趁勢將自己嘴唇微微咬破，口中滲出的血味成為扳機，令他解放身為吸血鬼的肌力。他抱著紗矢華直接朝增設人工島奔去。

警察只有封鎖通往增設人工島的聯絡橋。

這代表只要不利用聯絡橋，要從任何地方渡海上岸都可以。

絃神島本島與增設人工島相隔的距離約八公尺。即使是普通人類來跳，奧運的跳遠選手就能輕鬆跳過這個距離。

何況古城是靠著吸血鬼的肌力起跳，就算抱著多餘行李也過得去——應該是如此。

「——哎呀！咦？比我想像得還驚險。」

古城降落在增設人工島的邊際，急促地喘氣。要是起跳位置的誤差多一步，他們差點就要跌進海裡了。

要抱著一個人跳過這段距離，即使靠吸血鬼的肌肉也許難免還是有些吃力。或者是紗矢華比外表看起來重嗎？就在古城想著這種沒禮貌的事情時——

「你、你、你……你做了什麼好事啊！」

紗矢華忽然在古城臂彎裡大鬧。

「過得來就沒有什麼好抱怨的吧？再說也省得讓警察受傷——」

「不算！反正這樣子不算數啦！」

紗矢華嘴裡喋喋不休講著意義不明的話，還出手打古城的頭。大概是心裡動搖過度，她揮出的軟拳讓人感覺不像攻魔師。

「妳講什麼？是說，別在這種狀況亂動啦，會摔到海裡。」

「煩死了！閉嘴！你最好變成灰！」

「好痛！妳別用那把劍，不是鬧著玩的！」

不知道為什麼，紗矢華淚水盈眶地猛揮劍，立刻想躲的古城抱著她當場跌倒。結果便落得將她撲倒在地的態勢。

即使如此，紗矢華的雙手仍不肯停止攻擊。就在古城設法制住她時——

「……你們兩個在做什麼？」

古城他們眼前忽然出現大團荷葉邊。宛如由無物的虛空邁步而出，身影倏忽乍現。

看似昂貴的陽傘以及裝飾過多的黑禮服——在這座終年都是夏季的紘神島，有興致做如此打扮的人，就古城所知只有一個。

「那月美眉？妳不是在對付恐怖分子？」

「偶爾總得讓特區警備隊那群人表現才行。攻堅部隊好像已經歷過黑死皇派的生存者

了，我應該用不著出面。」

南宮那月看著槍戰仍在持續的監測塔回答。果然正如古城他們所料想，黑死皇派似乎踞守在那裡面。

「還有，叫我那月美眉的就是這張嘴嗎？」

「好痛好痛好痛，快住手……」

那月對毫無抵抗的古城伸出手，將他的臉頰擰來擰去。由於古城還按著紗矢華，兩隻手都騰不出空。

「現在不是做這種事的時候啦……姬柊她們被綁去當人質……」

儘管如此，為了表達事態嚴重，古城仍拚死命地對那月如此訴說。

隨後，原本那般劇烈的槍響中斷了。

對於忽然造臨的奇妙寂靜，古城等人回神抬起頭。

轟隆——

轟炸般的巨響將在場所有人的耳朵堵住。

中空構造的增設人工島使爆炸聲迴響，產生地震般的激烈搖盪。

爆炸聲的來源是理應由黑死皇派固守的監測塔。暴露鋼筋所構成的鐵塔被火焰籠罩，飛散的碎片撒落在包圍監測塔的特區警備隊頭上。

「那陣爆炸是怎麼回事！那也是特區警備隊的攻擊嗎？」

被火焰籠罩的監測塔正在倒塌。古城望著那幕非現實的光景，說不出話。

那月依然擰著古城的臉頰，轉過頭回答：

「不對……是自爆吧？」

「妳說『自爆』……」

獸人化的一部分恐怖分子，似乎混在爆炸的煙塵中逃出監測塔了，可是因為監測塔倒塌而受到波及的人也很多。假如那場爆炸是出自他們的安排，確實只能用「自爆」來形容——

「什麼……這股氣息……！」

紗矢華推開壓著自己的古城站起身。

她看著的是倒塌的監測塔底基。有某種巨大物體將崩落的大量瓦礫一掃而去，正顯得蠢蠢欲動。

從地底噴湧而出的是巨大魔力。濃密而具奇妙人工感，凶煞得難以言喻的異樣氣息。

「哦——我不太懂狀況，但這是不是挺糟糕的啊？」

震懾於異變的古城等人背後，傳來一陣挖苦般的笑聲。

古城回頭看見的是身穿三件式純白西裝的金髮美青年——

「瓦特拉？怎麼連你都來了？」

「你為什麼會在這裡？」

古城和紗矢華回頭看向賊笑的迪米特列．瓦特拉，同時發出驚呼。

那月也貌似不悅地蹙起眉頭問：

「有何貴幹，蛇夫？」

「哎哎哎，積著想講的話先擱到後面，先讓你們的部隊撤退會不會比較好？反正，賈德修人也不在這裡，留下來的不過是誘餌而已。」

瓦特拉稍稍挪開墨鏡，使壞地瞇起迷人藍眼。

那月純稚的玉顏變了臉色，瞪著他問：

「你說是誘餌？讓特區警備隊聚集到這裡，對黑死皇派又有什麼好處？」

「當然是因為他們需要靶囉。要測試新到手的兵器啊。你們總不會忘記，黑死皇派運了什麼東西來這座島吧？」

「……兵器？」

瞬時間，那月的表情結凍了。

在古城腦裡迴繞的疑問，總算變得確切具體。

毫無勝算的踞守，輕易被擊落的直升機。萬一黑死皇派的目的是要讓特區警備隊的機動隊員聚集至此，然後再一舉擊潰……

這座增設人工島的空蕩地基底下，藏著的就是──

「──納拉克維勒？」

彷彿呼應古城的叫聲，巨大身影隨著撒落的瓦礫出現。

緊接著，古城看見那道身影射出深紅色閃光掃過地面。

被閃光照射的裝甲車有如薄薄紙雕輕易遭到裁斷，伴同驚人的火光炸得四分五裂。

6

克里斯多福·賈德修透過網路的即時轉播畫面看著那起爆炸。他語氣甚是滿足地朝軍用無線電麥克風問：

「報告狀況，葛里果雷。」

『這裡是葛里果雷。壓對寶啦，少校。樣本開始動了。』

他的部下操控著納拉克維勒，口氣大顯興奮大喊。

納拉克維勒被形容成眾神創造的兵器，其真面目則是具備意志的機械猛獸。一旦啟動，它就會逕自判斷出敵對的目標，並發動攻擊將之殲滅。

儘管納拉克維勒服從操縱者的命令，但是操縱它的人必須以語音輸入控制用的特殊指令。眾神所造的兵器，只會服從於理解眾神語言的人。

「可繼續進行戰鬥嗎？」

『我這邊很輕鬆，畢竟是居高臨下看著它幹活嘛。倒是不知道這座島能對這傢伙的攻擊承受到哪種地步。』

葛里果雷說著殘暴地笑了。

不管如何，他們得手的操控指令也只有淺蔥解出的「導言」而已。已經沒有人能阻止開始行動的納拉克維勒。

「我明白了，葛里果雷。」

賈德修將無線電切斷，然後緩緩轉向淺蔥等人。

淺蔥則表情恍惚，望著平板電腦顯示的轉播畫面。

納拉克維勒每次放出閃光，巨大的爆炸便搖撼著增設人工島。裝甲車起火燃燒，特區警備隊的隊員四散逃竄。引起那幕慘烈景象的正是淺蔥解出的啟動指令。這項事實應該正讓她心生動搖。

「——狀況就是如此。妳們還有什麼要問嗎？」

而賈德修面無表情地望著淺蔥等人。

結果，是雪菜代替持續沉默的淺蔥開口：

「這是為什麼？」

「……為什麼？」

「你們怎麼會在這裡？」

「關於我等的目的，我想我已經說明過了不是？」

「不，我不是問這一點。我問的是，為什麼奧爾迪亞魯公會協助你們？」

賈德修稍稍挑起眉，灰色瞳孔裡顯露出些許訝異之色。

「這樣啊。服裝不同，所以我沒察覺，妳就是第四真祖那一晚的女伴吧。」

「這裡是『深洋之墓』上頭對吧？」

點頭的雪菜微微嘆息。

要說發覺得太慢，她也和對方一樣。臉頰上有道傷痕的高大老人，與理性面孔不符的淒厲威迫感。瓦特拉招待古城的那一晚，為他服侍賓客的那名領班——

原來雪菜和古城要找的賈德修，從最初就在他們眼前。

「特區警備隊的人們無論怎麼調查，也沒能發現黑死皇派的巢穴，理由就是因為你們躲在受外交官特權保護的船裡頭——對吧？」

「看來再隱瞞下去也沒意義啊。」

賈德修冷冷咕噥，命令部下們打開窗戶。

被遮板擋住的窗口一開——擴展在窗外的是被陽光照得燦爛閃爍的海面，浮在地平線的則是紘神島的人工島景。目前雪菜等人的所在地，離紘神島海岸大約十公里。

「這是……船裡頭……」

奪目的陽光讓淺蔥瞇著眼發出微弱嗓音。

「這裡是戰王領域的奧爾迪亞魯公，迪米特列‧瓦特拉所擁有的遊船。」

賈德修淡然說明。戰王領域的貴族造訪紘神島一事，也有開放報導讓普通民眾知道。相貌瀟灑的瓦特拉在談話節目也曾掀起討論，淺蔥同樣會認得他的姓名才是。

「這是為什麼？」

雪菜重複同樣的疑問。

「獸人優勢主義的黑死皇派，和身為戰王領域貴族的奧爾迪亞魯公應該是處於敵對關係。更何況你們以往的指導者黑死皇之所以遇刺，他就是主兇——」

「沒錯。正因如此，魔族特區的警備隊也沒有對這艘船起疑。」

賈德修未顯得意，而是面無表情地告訴雪菜。

「這艘船的乘員有一半是我們黑死皇派的存活者。不過別看瓦特拉那樣，他畢竟是貴族，所以對於搭到自己船上的乘員底細，他不會一一追究。這份責任應該會算在雇用船員的

船隻管理公司身上——」

雪菜不快地皺了眉頭說：

「奧爾迪亞魯公是打算堅稱他什麼都不知道嗎？做出那種事對他有什麼益處？」

「誰會知道長生不老的吸血鬼在想什麼，但那傢伙恐怕是無聊吧。」

「——無聊？」

「沒錯。所以他有意和納拉克維勒一戰。連真祖亦有可能打倒的眾神兵器，對閒得慌的吸血鬼來說，正好是個可以玩玩的對手。在那之前，第四真祖如果會與納拉克維勒交手，觀戰也別有樂趣。無論怎麼發展，都能替那傢伙解悶。」

「怎麼會……」

對於瓦特拉超脫常軌的思路，雪菜感覺到強烈困惑及憤怒。為了解一時之悶，他甚至肯幫忙藏匿向自己索命的恐怖分子，並且加以利用。這並非神經正常的人所為之事。

彷彿贊同雪菜的感想，賈德修也露出苦澀表情。

「黑死皇派並不像他那樣乖僻。然而，我們終歸需要能打倒真祖的力量。倘若是人稱與真祖最為接近的男人——瓦特拉，用來測試納拉克維勒的力量正好。彼此都希冀鬥爭，唯有在這一點上面，我們與他的利害關係可看到一致之處。」

「——因為那種無聊的理由，你們就喚醒那具怪物？絃神島或許會因此毀滅啊……！」

「打造出『魔族特區』這座監牢的人類，以及馴養其中的魔族，就算死了上萬人，我也不會認為是我們的罪過。」

賈德修以缺乏感情的口氣說道。

「當然我們也不希望進行無用的殺戮。我們最為優先的獵殺目標是瓦特拉，對於街區造成的損害，我會務求降低到最小。只要能徹底控制納拉克維勒的話。」

「所以如果不想讓絃神島化為焦土，就要分析出操控指令然後交出來——你就是這個意思嗎？」

之前始終不吭聲的淺蔥，正用憎惡目光看向賈德修。

賈德修揚起嘴角笑了。

古代兵器已經開始行動。要阻止它不分目標地破壞，淺蔥只得分析出操控指令，即使結果將讓黑死皇派隨心所欲操縱納拉克維勒。

「不愧是恐怖分子，差勁到了極點。」

「『sovereign Ⅸ』就在這裡面。需要的資料已經備妥了，也能連上網路，隨妳高興使用不要緊。」

「總之我就是沒有選擇餘地吧。好啊，不過你們欠我的這筆帳可多了。」

面對淺蔥的怒罵，賈德修不以為意地帶著部下離開房間。

他只在最後回頭看了淺蔥一眼說：

「儘管我並沒有懷疑妳的能力，但最好盡可能加快腳步。要是在獲得控制指令前就讓那座島沉了，對我們來說可是一樣頭痛。」

「不用你說我也會做啦——！」

淺蔥恨恨地大叫，同時粗魯地踹開房間內部的門。

那裡是用以保存生鮮食品的冷藏室。只不過空蕩房裡擺著的並非鮮魚或生肉，而是機架式的高效能運算伺服器——也就是所謂的超級電腦。淺蔥貌似自暴自棄地走進為了冷卻迴路而將溫度調得冷森森的房間。剎那間，有說話聲從意想不到的方向傳來。

「——別著急，小姑娘。」

理應還昏睡著的凪沙口裡，傳出冷漠而清澈的嗓音。

散發某種異樣感的嗓音，吸引淺蔥轉過頭。

凪沙綁得短短的髮型已經散開，髮絲垂落到腰際。虹膜徹底放大的眼睛裡，如同平緩水面般不具任何感情，只有嘴唇透露著笑意。

「別心慌。靠妳和那台機器的效能，要解讀滅亡文明的區區記載，費不了多少時候。」

「凪沙……？」

面對氣質與平時判若兩人的凪沙，淺蔥困惑地喚道。

雪菜則面帶驚愕地轉過頭。

「不……不對，這個狀態是神靈降臨……附身……？」

「呵呵，這樣嗎？都忘了妳也是巫女，獅子王的劍巫啊。」

凪沙這麼說著，貌似愉快地笑了。她品頭論足般盯著困惑的雪菜說：

「那麼妳也明白才是。用不著擔心，那個小伙子自會替妳們爭取時間，直到那個姑娘琢磨出策略來。」

「妳到底是……？」

雪菜銳利地瞇起眼反問，然而凪沙什麼也不答。保持沉默的她閉上眼簾，如同斷線的人偶當場癱倒。

險些撞上地板的她被雪菜及時抱穩。

「剛才是怎麼回事？那是誰？」

面對淺蔥的疑問，雪菜默默搖頭。

凪沙性情改變的原因，雪菜也完全不明白。剛才的她身體顯然容納了超乎人類的存在，也許是神靈降臨，不然也有可能是位於凪沙體內的潛在人格。獅子王機關的報告書中沒寫到她曾負傷，說不定這兩者有什麼關聯——然而不管怎樣，目前的狀況並不該追究這些。

雪菜拍了拍自己的臉頰起身，彷彿硬是要自己轉換心情。

「藍羽學姊，可以跟妳借手機嗎？」

「是沒問題，但妳想做什麼？」

淺蔥將淡桃紅色的智慧型手機扔過來。由於船朝紘神島駛近的關係，手機也變得能夠收到訊號了。

「對不起，因為我心裡覺得不太平靜，或者該說是有種不好的預感——」

用不慣的手機讓雪菜費了些工夫，但她仍輸入默背的電話號碼。

附身於凪沙的神祕人格，讓她想起一件事。

沒錯，曉古城肯定會想阻止納拉克維勒的暴行。

即使他本人沒有意願，照他那樣還是很有可能無端被捲入其中。

第四真祖過於強大的力量，會在不知不覺中扭曲古城的命運，將他誘往戰場，著實是個讓人不能放開注意又令人擔憂的少年。

正因如此，他肯定會保護紘神島。

可是，這股篤信反而令雪菜不安。納拉克維勒是為了與真祖作戰而復活的兵器，光是靠古城目前的能力，也許無法打倒那具古代兵器。

他需要力量。就雪菜而言，並不太希望設想那樣的事態，但她有項情報非得轉達曉古城，以備應付真正險惡的難關。

「雖然我想唯獨紗矢華絕不可能和學長擦槍走火就是了——」

雪菜這麼嘀咕以後，將耳朵湊向手機。線路接通，手機另一頭傳來古城的嗓音。

7

瓦特拉望著灑落的深紅色閃光，鼓掌予以喝采。那模樣實在是欣喜萬分。

「那就是納拉克維勒的『迸火長槍』嗎？哎哎哎，感覺威力不賴嘛。」

而古城一臉氣悶地望著那樣的瓦特拉，並且不耐煩地一腳踹在地面。

「混帳！為什麼你會在這裡？你自豪的那艘船呢？」

「啊，其實『深洋之墓』被劫持了。」

瓦特拉灑脫說道。古城則張大嘴驚呼：

「被劫持了？」

「沒錯沒錯。所以啊，我好不容易才保住一條命逃過來。」

未免太假了！古城在心裡這麼吶喊。只要有意，瓦特拉一瞬間就能燒光自己的船，區區恐怖分子不可能搶走他的船。

若是如此，想得到的可能性只有一個。瓦特拉主動將船拱手讓給黑死皇派了。

「原來如此。將賈德修那伙人載來絃神島的就是你的船嗎——」

那月將黑色蕾絲扇如刀一般抵向瓦特拉。

瓦特拉做作地擺出愁容說：

「哎呀，我真的嚇了一大跳。沒想到恐怖分子居然會混進我那艘船當船員。」

「你想裝成善意的被害者？算了，你從以前就是這種傢伙。」

那月深深嘆息，彷彿放棄進一步追究。

顏面無光啊——如此自嘲的瓦特拉微笑。

「啊，這麼說來，我在逃命途中撿了這玩意。」

他將腳邊有如破布的物體甩向前。

「啪」一聲，聽來濕漉漉滾在地上的是個穿著高中制服的男學生。大概是落海溺水的關係，他全身纏著海草，認不出臉孔。

不過短髮直豎的刺蝟頭，還有掛在脖子上的耳機倒讓人有印象。

「矢……矢瀨？」

「咦？難道你們認識？」

看到古城大受驚嚇的反應，瓦特拉一臉愉快地笑了。

矢瀨完全陷於昏迷，但生命安全似乎無虞。由於在落海之前就失去意識，好像也沒有讓他喝到海水。

這傢伙搞什麼啊？當古城這麼心想，感到疲倦而搖頭時——

「好了。哎，你們放心，我會負起摧毀納拉克維勒的責任。」

趁這個當頭，瓦特拉口氣雀躍地宣言。

「誰放心得了啊？你從最初就只是想和那個怪物痛痛快快打一場吧！」

總算察覺瓦特拉在盤算什麼的古城怒斥。

正是在這之後，古城的手機傳出蠢蠢的來電鈴聲。

「混帳！誰在這時候打來——」

古城嘀咕著拿出手機，然後對顯示的來電者姓名倒抽口氣。

「淺蔥嗎？」

『……是我，學長。』

使勁大喊的古城耳邊，傳來雪菜莫名不服氣的嘆息聲。

「咦！姬柊？」

冷不防聽到意外的嗓音，古城沒來由地變得慌張——

「妳沒事嗎？雪菜！妳現在在哪裡？」

而紗矢華則把臉湊到他耳邊大叫。

一扯上雪菜，紗矢華的反應實在夠快。相反的，她好像沒有注意到自己正和古城貼得非常緊密。紗矢華吹在臉頰上的氣息讓古城發癢。

我沒事——如此回答的雪菜又用平時正經八百的語氣說明：

『我目前在「深洋之墓」船上，藍羽學姊和凪沙也都沒受傷。』

「這樣啊。總而言之，那似乎比待在我們這裡安全。」

古城放心得幾乎四肢無力，然後冒出自嘲般的感想。

手機傳來雪菜傻眼地嘆氣的動靜。

『你果然在納拉克維勒附近吧？』

「是……是啊。」

『你又那樣擅自闖進危險的地方了。學長有沒有身為危險人物的自覺啊？紗矢華和你在一起做些什麼？』

「呃，這該怎麼說呢？我們也沒想到那玩意會冒出來。」

「我……我是因為雪菜妳們被綁架，才會擔心得……」

聽到雪菜明顯壞了心情的斥責聲，古城和紗矢華接連講起牽強的藉口。

可是雪菜卻中途打斷：

『不過，這樣剛好。學長，請你暫時絆住納拉克維勒，不要讓它接近市區。』

「……絆住它？」

『是的。藍羽學姊現在正在幫我們分析納拉克維勒的操控指令。等分析結束，就能阻止目前這種失序狂飆的狀況了。』

「淺蔥嗎……原來如此，是這樣啊……」

古城鄭重地點頭。

雖然不清楚詳細經過，但是雪菜等人所處的狀況他大概明白了。

如古城所料，黑死皇派似乎想利用淺蔥解讀古代兵器的操控指令。淺蔥正尋找著阻止失控的指令——這就表示在目前階段，恐怖分子們也操控不了納拉克維勒。

『——你只要絆住它就好了，千萬不要勉強想將它破壞而造成讓損害擴大的結果。另外，我還要麻煩紗矢華。』

「什麼？只要是我能辦到的就儘管說！」

被雪菜點名，紗矢華興奮地將耳朵湊向手機。不過雪菜卻用冷淡的嗓音跟她把話挑明：

『我有事情想和曉學長單獨談，請妳稍微離遠一點。』

「咦！咦咦！」

紗矢華帶著快哭出來的表情，腳步搖搖晃晃地後退，然後當場蹲下來抱著自己的大腿。

古城一邊對她感到有些同情，一邊無奈地搖著頭問：

「……妳有什麼事要談？姬柊？」

『時間不夠了，所以我長話短說。』

雪菜咳了一聲清嗓，接著突然用鄭重的語氣問：

『學長，你會不會覺得需要第二匹眷獸？』

「第二匹？」

對於雪菜直截了當的問題，古城有股聲音哽在喉嚨裡。

正如同古城靠著吸雪菜的血才得以駕馭「獅子之黃金」，要收服眷獸就需要血液，而且必須是連第四真祖麾下那些傲氣十足的眷獸都能滿足的優秀靈媒之血。

古城想像著獲得眷獸所需的行為，拉高音調說：

「沒……沒有，我不會那麼想。我根本沒想過那種事喔！」

『是這樣嗎？那就好，不過其實——』

我有關於紗矢華的事要告訴你——雪菜壓低聲音如此道來。

「……咦！」

聽完雪菜說的話，古城咬著唇沉默了半餉。雖然只是片段而簡短的情報，卻含有足以讓古城沉默的意外性。

紗矢華依然蜷著背，怨恨地抬頭望著沉默的古城。

古城設法取回冷靜以後，改換心情轉過頭說：

「我明白了。總之絆住它的工作就交給我。」

『好的。請學長也要小心。』

雪菜囑咐完，通話便切斷了。古城將手機塞進口袋，看向被摧毀的監測塔。

納拉克維勒被掩埋在瓦礫下，並沒有動作。令特區警備隊的裝甲車部隊潰滅後，它應是判斷當面的威脅已經排除。

話雖如此，也不代表有任何一項危機過去了。

納拉克維勒頭上類似眼珠的部位正不停掃描著周遭。它那舉動是在對該摧毀的目標收集情報。只要有些微誘因，納拉克維勒就會再度開始戰鬥，這次恐怕將燒光絃神島。

「特區警備隊的撤退狀況如何？」

「似乎有驚無險地從增設人工島逃脫了，傷患數量也沒有預估的多。」

面對古城提出的疑問，對答如流的是瓦特拉。

為什麼是你回答？如此抱怨的古城瞪著他。反正瓦特拉肯定是一邊觀察周圍狀況，一邊守候著開戰的時機吧——古城如此心想。

「我明白了。既然這樣，那傢伙讓我對付，被抓的淺蔥她們就拜託妳了，那月美眉。」

古城單方面把話說定。

優雅地轉著陽傘的那月，面帶不悅地瞪了古城。不知道是對他擅自發號施令感到生氣，或者不滿他稱呼自己的方式。然而，她難得沒有多做抱怨。當作她姑且肯接受應該無妨。

「搶別人獵物，我想在禮貌上站不住腳啊，曉古城。」

另一方面，瓦特拉則委婉地如此表示抗議。但古城並未理睬他的意見。

「要那樣說的話，跑來別人地盤為所欲為的你才不懂禮儀吧？在我被打垮之前都閃一邊去，迪米特列．瓦特拉。」

「哦──被你這麼一說，我就無話可說了。」

貴族青年意外乾脆地接受並讓步。隨後──

「那麼，為了對身為領主的你表示敬意，讓我奉上一項伴手禮吧，好讓你可以無後顧之憂地放手作戰──『摩那斯』！『優鉢羅』！」

「啥！」

瓦特拉解放的龐大魔力波動令古城結舌。

貴族青年背後出現的，是全長達數十公尺的兩隻蛇──有如狂洋的黑蛇及有如結凍水面的青蛇。那是「蛇夫」瓦特拉所使役的眷獸，而且是兩匹同時現身。它們交纏於空中，模樣轉變成一頭巨大的龍。

「讓兩匹眷獸合體？這就是瓦特拉的特殊能力嗎——！」

面對肆虐龍捲風般的眷獸樣貌，古城發出生硬嗓音。

雪菜曾經提過。儘管瓦特拉身為年輕世代的「貴族」，仍具備特殊的力量，足以打倒地位高於自己的「長老」。

這恐怕就是解開其祕密的關鍵。合成兩匹眷獸，使其轉變為更強大的眷獸。以往根本沒聽聞有這樣的吸血鬼存在。

可是實際上，瓦特拉召喚出的合體眷獸正散發強大魔力，甚至能媲美古城的「獅子之黃金」。那同時也可以證明，瓦特拉擁有的力量和真祖無比接近。

「哎，差不多這樣吧。」

而瓦特拉一臉滿足地嘀咕以後，就命令張牙舞爪的群青色巨龍降落下來。

於是它將連接第十三號人工島以及絃神島本島的錨墩一具不剩地破壞殆盡。由重量數百噸的水泥塊及鋼索構成的錨墩，有如玻璃藝品四散粉碎，其爆炸的餘波更讓增設人工島開始緩緩漂向洋上。

「你將增設人工島從絃神島本身切離了……？」

察覺到瓦特拉的目的，古城抬起臉。貴族青年賊笑著說：

「這樣你就可以盡情施展力量，不必介意對市街造成的損害了吧？只管使出你的渾身解數，好好取悅我。」

「是……是喔。」

姑且該說聲謝謝嗎？古城如此猶豫，但馬上就打消念頭。因為他察覺到眷獸剛剛的攻擊，已經對絃神島本島造成相當的損害。替街區減緩災害云云只是託詞，那個男人肯定只是想大鬧一番罷了。

「納拉克維勒有動作了，曉古城！」

紗矢華的嗓音在耳邊嚷嚷，使得古城連忙回頭。

納拉克維勒踹開周圍的瓦礫及鋼筋，終於展露出本尊全貌。

它是一台高約七、八公尺，具備六條腿的戰車。以整體印象而言，差不多就是隻覆蓋著蝦子甲殼的巨型螞蟻。橢圓形軀體崁著半球形的頭部，其尖端則生有兩條觸角般的副臂。裝甲的質感類似土偶或銅器，稱其為古代兵器確實是煞有介事。

「哦──它將我的眷獸判斷成威脅，似乎開始活性化了。原來如此，果然只是靠自我防衛程式在行動嗎──」

「喂，結果是你害它開始動的啊！」

古城瞪著把話說得不干己事的瓦特拉，氣得破口大罵。

而納拉克維勒用深紅眼睛睥睨著古城等人，隨即射出閃光。

「曉古城！」

紗矢華舉劍大喊。

「哎，可惡！最後還是演變成這樣嗎？」

古城用全身承受著爆炸的衝擊波，同時也為了阻止失控的古代兵器而拔腿猛衝。

第四章 雙角之深緋

The Bicorn

1

道教信奉的少年神祇「哪吒」據說是三頭八臂的鬥神，擁有用蓮花及黃金打造的人工肉體，手裡則使著噴火的尖槍以及可敲碎敵人腦袋的手鐲——

然而作為哪吒的前身，古代兵器納拉克維勒的模樣要稱之為神，卻顯得惡毒凶狠。

覆有厚實裝甲的六條腿不只將裝甲車殘骸踩爛，更拔山倒樹地將屹立於四周的吊車掄倒。從頭部吐出的耀眼深紅色閃光，削鐵如泥地切開了由鋼鐵包覆的增設人工島，引發驚人爆炸。

那股破壞力遠遠凌駕普通陸戰兵器的水準，應該也能匹敵吸血鬼的眷獸。黑死皇派有意將其納入手中的理由，很能讓人理解。而且與操縱者的意識全然無關，這具古代兵器正自作主張地持續活動著。

不需要雪菜提醒，原本就不能放這種怪物進入市區。

然而近距離看到的納拉克維勒實在太過巨大，讓人不明白該從哪裡下手攻擊——

「要怎麼辦？曉古城？你打算用什麼方式絆住那個怪物？」

躊躇的古城身邊傳來紗矢華興師問罪般的聲音。古城嚇得瞪大眼睛。

這裡距離納拉克維勒頂多三十公尺。從古代兵器的龐然身軀看來，等於是一蹴可及的超危險地帶。

「煌坂？妳幹嘛跟來？」

「既然雪菜希望爭取時間，我來幫忙是理所當然啊！」

「話……話是這樣說的嗎？」

冷靜想想自然是毫無道理，不過古城懾於紗矢華的氣勢，差點就接受這番說詞。而且紗矢華更一本正經地點點頭。

「是啊。再說……」

她的話還沒說完，納拉克維勒的頭部已先吐出閃光。

迸火長槍——其真面目就是現代所稱的大口徑雷射炮。焦點溫度超過兩萬度的光束長槍，應該連吸血鬼的肉體都能瞬間燒成灰燼。

然而在閃光射出之前，紗矢華採取的行動就結束了。

獅子王機關的舞威媛能藉著靈視洞穿片刻後的未來，並採取行動，她的防禦比納拉克維勒的光速攻擊更快。

「——煌坂？」

「我的『煌華麟』有兩項能力——其中一項就是讓物理攻擊無效化喔。你可要感謝我才行，曉古城。假如沒有我，你現在早變成焦炭了！」

紗矢華的劍能斬開的並非物質，而是物質和空間的聯繫。無論是多麼飛快的攻擊、多麼高的溫度，都無法超越空間的斷層而造成損傷。「煌華麟」掃過的空間僅在那一瞬，會化成絕對無敵的防禦屏障。

納拉克維勒的大口徑雷射，在古城眼前被看不見的牆所阻擋，然後化為烏有。

「而且能防阻一切攻擊的障壁，就是這世上最牢固的鋒刃。哪怕是對付眾神創造的兵器，我的劍舞也沒有無法斬斷之物——！」

紗矢華朝著發完雷射而變得毫無防備的古代兵器腳邊，提劍疾奔而去。

由苗條少女來使用顯得太過巨大的雙手劍，紗矢華靈活自如地將那使得好似身體的一部分而翩然起舞。銀色鋒刃劈在納拉克維勒的腿，視厚實裝甲為無物地一斬再斬。劍舞的熾烈攻勢恰與眼見之華麗形成對比。

古城只能目瞪口呆地望著那幕光景。雪菜的戰鬥能力超乎常人，但紗矢華的劍技與其相比亦不遜色。和怪物戰得平分秋色的她，就某種意義而言，也是不折不扣的怪物。

面對繞到雷射炮死角的她，納拉克維勒無法攻擊。仗著這個機會，紗矢華持續猛攻。儘管還不到一刀兩斷的地步，承受她接連不斷的斬擊，納拉克維勒已有一條腿快要斷了。

接著，紗矢華又對同一邊剩下的兩條腿集中攻擊。後來大概是腿部的損傷已經嚴重得無法支撐自體重量，納拉克維勒龐大的身軀緩緩倒下。少女單槍匹馬，靠著一柄劍就讓眾神所造的兵器坐倒於地，其強悍只能以荒唐來形容。

這樣下去，光憑她一人不就能打倒納拉克維勒了嗎——

古代兵器的機體出現異狀，正是在古城抱著這般淡淡期待後發生的事。

「咦——！」

之前紗矢華一面倒砍傷納拉克維勒的劍，忽然間被裝甲表面彈開了。紗矢華再度使出斬擊，卻依然被擋下。

納拉克維勒的裝甲浮現出詭異紋路，淡淡的魔力光芒籠罩住機體。察覺那股光芒的真面目，紗矢華驚呼：

「斥力場結界？」

「煌華麟」的刀刃能斬斷空間的聯結，不過那也表示它只能斬開刀刃觸及的空間。藉著用斥力場覆蓋住表面，納拉克維勒的裝甲已經完成「進化」，變得在刀刃接觸前就能先彈開紗矢華的劍。

她的攻擊已不再對納拉克維勒管用——

「難道……這就是眾神兵器的能力……？」

能自己學習並進化的兵器。想像到此令紗矢華感到戰慄。而那成了她一瞬間的破綻。

納拉克維勒的觸角乘隙從紗矢華頭頂往她探去。

等紗矢華察覺已經太晚。觸角前端射出深紅閃光，反應慢了的她無法防禦。

灼熱長槍將厚實鋼板瞬間熔斷。

被那種玩意照射到，紗矢華的肉體應該連片刻也承受不住。

然而，撲向她的卻不是灼熱閃光，而是更加單純的物理衝擊。有人用笨拙的擒抱將紗矢華撞開了。

「——妳沒事吧？煌坂！」

一頭衝向紗矢華的古城，在堅硬地面上邊打滾邊大喊。

受過訓練的紗矢華，肉體在無意識間做出護身動作，立刻就重整陣腳站起身，沒有受到任何算得上傷害的傷害。可是精神卻大受動搖。

「曉古城？你那傷勢！」

起身的古城左邊大腿已被削去整塊而冒出白煙。他挺身保護紗矢華才會被納拉克維勒的雷射照到。

「不要緊，這點傷遲早會癒合。」

古城痛苦得表情扭曲，但仍擺出笑容示人。

吸血鬼真祖乃是不老不死之軀。然而，受傷時感到的痛楚無異於常人。

大概是因為知道這一點，紗矢華臉色微微發青，似乎想不到自己該對古城說的話。

「──重要的是，那傢伙打算做什麼？」

古城硬是用受傷的腳站起，然後望向納拉克維勒。在紗矢華攻擊下受創的古代兵器好像是放棄移動了。

相反的，帶著平緩弧度的背部裝甲正慢慢開啟。

那模樣不由得令人聯想到張開翅膀的獨角仙。位於裝甲內側的是圓筒形的推進噴嘴。

「它該不會要飛吧！」

淺蔥查到的納拉克維勒資料中曾指出飛行能力的存在。想起這一點，古城咬牙切齒。

伴隨著轟然巨響，納拉克維勒的噴嘴迸發出推進動能。

那並非鳥類或翼手龍的優雅飛法，而是訴諸於力量硬讓自身飛起。

然而，從這裡到絃神島的街區只有數公里。一旦讓它升空，應該在短瞬間就會抵達目的地。現下絕不能放過納拉克維勒。

「──打下它，『獅子之黃金』！」

古城將右臂舉過頭頂，鮮血從右臂噴出。

鮮血催生出大團魔力，魔力再幻化成黃金色閃光。凝聚的那道閃光在上空構成巨大的猛獸身影。那是籠罩雷光的巨獅身影。

屬於曉古城——亦即第四真祖的眷獸「獅子之黃金」——

雖然說姑且已將它馴服，太過巨大的威力卻始終讓古城遲疑是否要召喚。可是狀況已由不得他掛懷這些。

「噢噢噢噢噢噢噢噢噢噢噢——！」

呼應古城的戰意，雷光巨獅奔馳於天。

納拉克維勒已然升空，雷獅則從更高的上空化作閃電一路朝地表狂奔。它散發著黃金雷電和光芒，直撲向古代兵器。

傳聞中，甚至能匹敵天災的真祖眷獸施展出一擊。

納拉克維勒的機體撐過去了。即使左右翅膀碎散、腿部折斷，更失去全身近半數的裝甲，它仍設法讓自己免於爆炸。

可是，要將對撞的衝擊力道完全抵消，終究不可能。

雷光巨獅直接以俯衝之勢將納拉克維勒砸落在地面。

那般威力並非中空構造的增設人工島所能承受。覆於人工島表面的厚實鋼板被掀起，遍布各處的鋼筋柔腸寸斷。

納拉克維勒化作一顆巨大的炮彈，直入地底深處。

而這股衝擊的餘波，當然也會殃及古城等人。

「唔喔！」

古城等人所站的地面毫無預警地瞬間下陷。

開在他們腳下的，是個讓人覺得直通深淵底部的大坑。被一股輕盈而不舒坦的無重力感撲到身上，古城才知道自己正往下摔落。

在他身邊，還有紗矢華。在爆發餘波、動盪的氣流，以及瓦礫崩落的巨響中——

「白痴——！」

只有她尖叫的聲音格外鮮明地竄進古城耳裡。

2

被蓋來當作廢棄物處理槽的第十三號增設人工島，基本上與油輪是相同的構造。差別只在於它的尺寸大了好幾個單位，還有塞在裡面的是石油或垃圾。

儘管內部有幾道分隔牆為區塊劃分，簡言之它就是個有著牢固鋼鐵外殼的空箱。

由地表到最深處的深度，大約三十公尺——

與十層樓大廈相近，表示計算起來要比古城他們住的公寓還高。當然，那並非沒帶任何裝備就能徒手爬上去的高度。從那種高度摔落，光能保命就已經近乎奇蹟。

「勉強算得救了嗎……？」

古城杵在成堆瓦礫上，深深發出嘆息。

他們並不是倒栽蔥從三十公尺高摔下來，而是被土石流沖落似的緩緩跌落。途中還好幾次撞上分隔牆，每撞一次就讓掉落速度減緩。

古城他們之所以能得救，就是由這些巧合累積而成的產物。

施工中的第十三號增設人工島內部中空，也是一項大幸。

假如是在其他廢棄物處理槽落得同樣下場，八成轉眼間就會被幾萬噸的垃圾活埋。就算真祖不老不死，感覺也無法在那種狀態下復活。

而在安心嘆息的古城旁邊，紗矢華發出「咿——」的尖叫聲。

「這才不叫得救啦！你是在想什麼啊！就不懂得控制分寸嗎？不用將人工島整個打穿也可以吧！」

「我哪有辦法，再說當時又心急，怕被那隻螃蟹怪物逃走……就算那樣，我也已經有留手了耶……」

古城嘀嘀咕咕回嘴。他姑且還是付出過努力，想避免對周圍造成損害。儘管從結果來講意義並不大就是了。

哎唷——紗矢華如此出聲抱怨，傻眼地搖頭。

「要稱為世界最強，這種威力確實可以讓人信服，不過你的眷獸也太會給旁人添麻煩了吧？假如有個閃失，它會連累你這個宿主一起死耶。」

「添麻煩這點我是承認啦……反正多虧它才能把螃蟹怪物轟下來，那不就好了。」

古城拍著滿是灰塵的連帽衣，隨口回答紗矢華。

看他毫無反省之意的模樣，紗矢華貌似有些生氣地瞪眼說：

「納拉克維勒呢？」

「誰知道。照理想應該埋在那底下就是了。」

古城指著崩落而堆積如山的瓦礫說道。疑似古代兵器墜落點的那塊地方，早就被瓦礫堆得有近十公尺高。

受阻於堆疊的大量鋼筋和鋼板，看不見納拉克維勒的身影。然而，也感覺不出那下面有什麼東西在蠢動。

「把它摧毀掉了？」

「大概啦。那不是放著沒人修理就能動的損傷吧。」

「是喔。這樣就好……所以我們接下來要怎麼辦？」

被紗矢華一問，古城開始猛搔頭。

蓋來專門塞大量垃圾的增設人工島內部十分廣闊，再加上這裡仍在施工，連逃生最少要有的導覽牌或照明燈之類都沒備妥。畢竟誤闖內部而迷路的狀況，原本就不太可能設想到。

「找一找至少會有檢修用的梯子吧。」

古城說著環顧四周，接著就為了探勘環境而信步走去。

「等……等一下啦。你想丟下我？」

差點被單獨留下來的紗矢華，連忙要追上古城——

「啊。」

瞬間她不慎失足。沒踏穩的瓦礫隨著翹翹板原理斜傾，失去平衡的紗矢華因而摔跤。

「唔……唔哇！」

運氣好站對位置的古城，反射動作將仰身跌倒的她抱進懷裡，手掌傳來的彈力讓他皺起眉頭。

「——呀啊！」

陰錯陽差遭古城襲胸的紗矢華，發出了女生的尖叫。

古城察覺到自己一把掐著的是什麼，連忙放開雙手。之前穿夏季毛衣時沒讓人注意到，不過紗矢華似乎是穿上衣服反而顯得瘦的類型。身材苗條，胸部卻相當有份量。

「啊，抱歉。」

古城尷尬地道歉。而紗矢華依然護著自己胸口，眼光往上瞟向古城。

「為什麼要道歉？你是故意的？果然你就是有非分之想？」

「不是啦。我沒那個意思，可是姬柊剛才在電話裡告訴我了。」

紗矢華疑惑地歪著頭。

「雪菜？她跟你說什麼？」

「妳討厭男人的理由。」

古城望著自己腳邊咕噥。

紗矢華的表情頓時緊繃得有如人偶。

「抱歉，我之前不知道，妳害怕被男人碰。」

儘管雪菜並沒有詳細說明，不過古城也能想像大致情形。

生來就具備優秀靈能力的小孩，屢有被親生父母疏遠並虐待的狀況。曾經是紗矢華唯一血親的父親，似乎也屬於會經常對她施暴的男性。

那個父親在紗矢華升小學以前過世，後來她則被獅子王機關收養。

然而年幼時對於父親的恐懼已深植記憶，更轉變成對男性的厭惡，似乎到現在還留在她的內心。古城沒有打算付出廉價的同情，但就這方面來說，並不應該怪罪紗矢華才對。

雖說是事態緊急且迫於無奈，他曾對紗矢華又撲又抱，挺沒神經地碰了她好幾次。感覺自己理虧的古城做出反省。

紗矢華滿臉不悅地望著反省的古城看了半晌。

然後她突然揪住古城的嘴唇，粗魯地反手一擰。古城沒辦法甩開她的手，只得維持無抵抗的姿態抗議：

「很痛耶，妳幹什麼！」

「雪菜為什麼會對你說這些呢……？」

紗矢華自問似的說。依然被擰著嘴唇的古城聳肩回答：

「我挨了一頓說教，她要我別做會讓妳害怕的事。那是在擔心妳吧。」

「我又沒有覺得害怕，只是不適應而已。或者說，我是覺得男人很煩？噁心？」

「那樣更過分吧。很單純地傷到我了。」

古城硬是甩頭，才總算取回嘴唇的自由。看著他紅腫的嘴唇，紗矢華露出微笑。那是張心平氣和又婉約的笑容。

「你真是個奇怪的吸血鬼耶。」

紗矢華用變自由的右手手指輕輕碰觸古城手背。

她漸漸使力握住手，彷彿慎重地確認著什麼。

古城疑惑地看著她莫名其妙的舉動。

可是古城沒來由地可以體會到，對紗矢華來說，主動碰男孩子是需要勇氣的行為。

「剛才受的傷，不要緊吧？」

紗矢華擔心似的望著古城為挺身保護她而受創的腿。

古城輕輕將膝蓋上下移動。雖然還有些痛，知覺大致都回來了。

「總之恢復到能走路的程度啦。」

「是嗎？太好了……那個，謝……謝謝你救我。」

紗矢華害羞似的低著臉。微微泛紅的白皙臉頰、形狀標緻的鼻梁、帶著點睛之美的長長睫毛，讓古城的心臟撲通猛跳——

「好冷！」

「你……你說什麼？我難得低聲下氣耶——！」

古城做出的反應完全出乎意料，讓紗矢華猛然鼓起臉。

而他搖著頭，並且把手繞到背後說：

「呃，我不是在說妳……剛才我背後有股涼涼的感覺……」

這時，紗矢華口中也發出「咿」的細聲尖叫。

不知道為什麼，她用手捂著的制服肩頭正滴著水滴。沿著增設人工島骨架流進來的水如雨般灑落。

「這什麼啊？海水嗎？」

「可惡……看來這座人工島真的要報銷了！」

先是被瓦特拉的眷獸胡亂切離，又被納拉克維勒以雷射猛轟，接著則有「獅子之黃金」補上臨門一腳。縱使增設人工島蓋得再穩固，也實在瀕臨極限了。漏水早已到處發生，似乎只是古城他們沒發現而已。

「不是抱怨的時候啦！我們要趕快找方法回到地上才可以！」

紗矢華冷靜地糾正。儘管漏水並不算洶湧，但用於防止浸水的分隔牆一旦封閉，要逃脫就會更加困難。濕淋淋地關在這種地方，並不是多舒服的事。

「總之在迷宮裡迷路時，記得是不是靠著牆壁走就行了？」

「怎樣都好，快點啦！」

古城他們一邊冒出脫線的對話一邊打算逃跑。

這時，陰暗的增設人工島地底被深紅閃光耀眼地照亮了。

縱橫來回的閃光斬裂黑暗，不分目標地將增設人工島的骨架逐步劈斷。那是納拉克維勒的大口徑雷射。

山一般的瓦礫隨著轟然巨響崩塌。

從中現身的，則是籠罩著蒼白光芒的古代兵器。雖然形狀略有改變，理應遭到破壞的裝甲和腿卻都復活了。

「不會吧！都已經把它轟爛了，怎麼又……！」

「難道是靠元素轉換？它與增設人工島的建材融合，將自己修復了！雖然飛行能力看來好像還沒恢復──」

古代兵器正與周圍的瓦礫融合，逐漸將損傷修復。

兩道觸角緩緩從頭頂抬起，大概是判斷無法由上空逃脫了。

納拉克維勒將大口徑雷射炮的炮門朝向自己腳邊。

位於海面下三十公尺的增設人工島底部外殼，灼熱閃光將數十公分厚的複合鋼板瞬間打穿，開出大洞。

海水透過水壓加速，如噴泉般高高噴起。那些水隨即化成濁流，湧向古城等人的腳邊。

「可惡……真的假的？」

納拉克維勒通過自力打穿的洞口，動身往海中逃脫。可是，古城他們並沒有空閒在意那些。因為剛才的雷射攻擊，造成增設人工島各處開始猛烈浸水。

古城他們牽著彼此的手拔腿就跑，而無情沖落的海水正將他們倆淋得遍體濕漉。

3

待在寒氣逼人的房間裡，淺蔥持續對操控指令進行分析。她那靈活流暢地敲打鍵盤的模樣，與其稱為程式設計師，看來還更像琴藝精湛的風琴演奏者。

淺蔥吐著白茫氣息，透過交談用的麥克風朝網路另一端的「搭檔」呼喚：

「摩怪，這玩意的形態要素解析可以停了。代入ER演算法，對全數值重新做緊迫計算，在ζ分布基部完成推測實行以後，就開始依序比對數據。」

「小姐，妳使喚人還是一樣不留餘地耶。系統總線瀕臨上限囉。再這樣操下去，可會對絃神島的環境維持造成障礙。」

回答淺蔥呼叫的是機械性的合成語音，聲音的主人是掌管絃神島一切都市機能的五座超級電腦，由淺蔥命名為「摩怪」的人工智慧。

淺蔥判斷由船裡的「sovereign IX」單獨處理太花時間，就透過網路叫出摩怪，運用絃神島本身的頭腦來分析操控指令。

「把緩存區全用掉也可以，給我撐住。十五分鐘以內就可以了結。」

「咯咯咯……不賴嘛，感覺妳找回平時的步調了。」

囉嗦——這麼回嘴的淺蔥露出凶惡的笑容。

「我總算弄懂謎題的規則了。把這形容成眾神所造的兵器還真是貼切，難怪語言學家會栽在上面。我才不覺得會有在思考過程中不需要邏輯運算的語言。」

不需要邏輯運算。換言之，納拉克維勒不會判斷狀況，因為它只顧摧毀。正如同手槍或炸彈不具備自我意志，古代兵器同樣不做思考。

發現該破壞的目標時，納拉克維勒已經完成破壞了。這在本質上與神的思考方式相同。神說要有光，於是就有了光——和人類大相逕庭的眾神語言。

「不過只要了解其中巧思，要解讀就沒什麼難，這種結構已經落伍了。」

解析程式除錯完成後，淺蔥呼了口氣。

石碑上記載用於操控納拉克維勒的指令共有五十四項。有十五分鐘，解讀就能完全結束。這也表示那具恐怖的古代兵器將落入恐怖分子的控制。然而，要阻止已經開始運作的納拉克維勒別無他法。

黑死皇派也並非傻瓜，他們八成正從哪裡監視著淺蔥的作業情形。

目前凪沙、雪菜，還有絃神市本身都被當成人質，在這種狀況下讓作業延緩或者欺騙他們都沒有意義。

可是，就這樣對那些人言聽計從，並不是藍羽淺蔥的作風——

「好啦，該怎麼辦呢？」

淺蔥無意間撫弄著耳朵上的耳環嘀咕。

對於打算使喚她做白工的那些人，該怎麼給他們好看？

而雪菜留下模樣鬼氣逼人的淺蔥，悄悄溜出房間。

她不太懂淺蔥在做什麼。可是淺蔥出類拔萃的才能，即使在外行的雪菜眼中也顯而易見。淺蔥對程式設計所具備的天分及靈敏，與其說是出於邏輯思考，反而和雪菜等人所用的靈視或者神靈附身更為接近。

淺蔥若是讓獅子王機關扶養長大，也許會意外變成能耐凌駕雪菜的劍巫。她到底也是魔族特區的居民。

「……為什麼？」

有違預期的，房間外並沒有負責監視雪菜她們的士兵。

雪菜會溜出房間，就是因為對這一點產生疑問。

哪怕是在無處可逃的船上，感覺對方也太過缺乏警戒。這並不像訓練有素的黑死皇派會犯的毛病。雪菜對此懷著疑問，來到舷側的通路。可是，依然不見士兵蹤影。廣闊的「深洋之墓」一片靜寂，看來彷彿幽靈船。

困惑之餘繼續走在船裡的雪菜忽然停住腳步。

她發現「深洋之墓」搭載的小型聯絡艇已經下水。船上乘員及黑死皇派的非戰鬥人員，正陸續搭上聯絡艇。船裡之所以沒有士兵看守，恐怕這就是理由。

「……為什麼要在這種時候讓非戰鬥人員避難？」

儘管雪菜感到困惑，但當然想不出答案。目前「深洋之墓」應該沒有遭遇危險。得到納拉克維勒，處於壓倒性優勢的他們，實在令人想不到有何緣故要棄船離開。

假如有什麼危險，那就不是在船外——

「難道……！」

雪菜順從身為劍巫的直覺飛奔而去。她要去的並非上頭的操舵室，而是下面，位於船底的貨艙。「深洋之墓」屬於遊船，卻具備運輸艦般的吊閘。換句話說，它能積載巨大貨物。

彷彿為雪菜的想法背書似的，通往貨艙的通路上有武裝的黑死皇派士兵站哨。兩名獸人，武器則是自動步槍。

沒時間猶豫。雪菜一衝到通路，就全速急奔和士兵拉短距離。也許疏忽在所難免，士兵們的反應顯得遲鈍。

在他們舉槍瞄準前，雪菜已輕靈躍向空中——

「——伏雷！」

強烈的迴旋踢招呼在轉過頭的士兵太陽穴上。

哪怕是具備堅韌體力的獸人，肉體構造仍與人類相同。只要對腦袋造成震盪，就能輕取他們的意識，若是在獸人化之前的階段自然更不用說。

「若雷！」

將失神的士兵當作肉盾，雪菜著地後又出手對另一名士兵直探心窩。體內的咒力一口氣被解放，一擊就令頑強的獸人昏死。

雪菜瞧也沒瞧那些倒地的士兵，直接走向貨艙。推開金屬製的厚重門板，她目瞪口呆。

「這是……」

將寬廣貨艙擠得水洩不通的，是覆蓋厚實裝甲的許多兵器。六條腿及兩隻副臂，散發深紅色光澤的雷射炮眼睛。

「難道……這些全都是納拉克維勒？」

休眠中的古代兵器共有五具。在深處還擺著某種巨大物體，但是從雪菜站的位置無法窺見全貌。

那幕太過駭人的景象，讓她手足無措地呆站原處。

而從雪菜背後傳來了一陣威猛而沉穩的嗓音。

「——獅子王機關的劍巫嗎？雖然靠的是突襲，能徒手將獸人打倒的人類在歐洲可不多。幹得漂亮。」

「克里斯多福‧賈德修……！」

雪菜叫出那名男性的名字。黑死皇派的老將校則悠然微笑著望向她。

「這些玩意的存在就連瓦特拉也不知道。要是那傢伙知道，或許他也不想協助我們。」

「一手掌握納拉克維勒軍團，這就是你的真正目的嗎？」

賈德修鄭重點頭。

「所謂戰爭，看的並不是武器的個別性能，而是以總合戰力定勝敗。第一真祖的戰鬥能力確實頗具威脅，但是要獨力守護戰王領域裡廣闊的一切仍不可能。可藉著吞食瓦礫修復自我，又能永遠廝殺下去的大群戰鬥機械——妳不認為這景象令人雀躍嗎？」

賈德修一臉愉快地看著臉色蒼白的雪菜，滔滔不絕地繼續解說。他兼為恐怖組織的指導者，似乎也饒富善辯的口才。

「就算不打倒第一真祖，只要令他的『夜之帝國』瓦解，聖域條約終究會無法維持。如此我們就達成目的了。儘管瓦特拉那個戰鬥狂大概理解不了這層道理。」

「不只是絃神島，你連你的故鄉……戰王領域的人們都要犧牲？」

雪菜憤怒地瞪著賈德修。賈德修表情不變地點頭。

「當然了。正因如此，我們才會被稱為恐怖分子。」

雪菜默默將重心放低。

連僅僅一具納拉克維勒都難保不會變成毀滅絃神島的威脅，而黑死皇派還另外擁有五具。絕對不能將那種力量交給他們。

縱使要同歸於盡，也得在這裡打倒賈德修——

「呵呵呵，不錯的氣魄。要是我也能遇到像妳這樣的部下，就不必白白看著我古老的盟友黑死皇喪命——」

賈德修望著處於戰鬥態勢的雪菜，愉快地摸起臉頰上的舊傷，然後從背後抽出短刀。他的骨骼吱嘎作響，全身肌肉隆起膨脹。是獸人化。

哪怕看上去多麼理性，結果他的本質仍是追求爭鬥、喜好破壞的恐怖分子。賈德修對殺戮的預感發出欣喜之聲，其勢洶洶地用短刀刺過來。

那暴風般的一擊，雪菜以一紙之隔避開了。

「哈哈！精彩！躲開了我的刀嗎！」

賈德修立刻改換短刀軌道。可是，那強硬的動作使他懷裡露出破綻。雪菜鑽過他的攻擊，將手掌貼向其側腹——

「——撼鳴吧！」

掌勁在零距離內發出。

能貫穿獸人的渾厚肌肉，將衝擊直接送進內臟，這是雪菜在肉搏戰中的殺手鐗。過去這招也曾大破洛坦陵奇亞殲教師的裝甲強化服。

然而，掌面傳來的異樣手感讓雪菜皺著臉拉開距離。

賈德修的肉體未受損傷。雪菜的掌勁對他不管用。

「——活體障壁？」

「這是被你們稱為氣功術的伎倆吧。雖說我是獸人，妳以為我在武術方面是門外漢？」

賈德修愉悅地笑著，並且重新握刀擺出架勢。

對雪菜有威脅的並不只短刀。獸人憑肌力施展出的踢腿和手刀，光是擦身而過就能輕易將雪菜擊潰。賈德修的握力可以輕鬆粉碎雪菜的骨頭；運用龐大身軀使出的擒抱，更能一招就令她瘦弱的身軀支離破碎。

即使知道這一點，雪菜還是不選擇逃跑。

「——鳴雷！」

藉著蹬牆和蹬天花板加速，雪菜巧妙使出飛身膝撞，直取賈德修的側頭部。

無法迴避的一擊，賈德修卻用額頭正面接下。那無與倫比的反應速度及判斷力，有大量實戰經驗作為後盾。

「喝！」

賈德修以頂球的要領甩頭，將雪菜的輕巧身軀頂飛。

雪菜則像貓一般在空中翻了個筋斗著地。看準這個瞬間，賈德修奮然用肩頭撞過來。雪菜在拖到千鈞一髮之際才躲開。

原本這番舉動是為了讓賈德修自廢肩膀，老將校卻直接撞穿「深洋之墓」的外牆，幾乎毫髮無傷地來到船外。

非得是具備頑強肉體的獸人，才能有如此荒謬的破壞力。

雪菜也追著賈德修來到甲板。她認為與其在狹窄的船裡繼續纏鬥，這樣做更有利。但即使再這樣打下去，她也不覺得自己能勝過賈德修。

戰鬥技術幾乎平手。賈德修的絕對速度、雪菜的瞬發力，兩人各有勝於對手之處。然而力量卻差得太多了。

賈德修一擊就能讓雪菜徹底挫敗，雪菜的攻擊卻對他完全不管用。

何況賈德修並不會輕視雪菜，而對她玩起放水的把戲。

這樣下去遲早會敗陣——當這般絕望感開始支配雪菜的剎那。

有陣驚人的強風掃向雪菜他們。

「這風是怎麼回事？」

突來的異變令賈德修驚呼。那是一陣只能用狂風形容的強烈疾風。

風速應該匹敵最大級的颱風。輕量級的雪菜要是一不留心，似乎就會輕易被颳走。大團空氣直接迎面撲來，令人無法呼吸。

然而該要驚訝的是，「深洋之墓」周圍的海象依然平穩。

這陣強風只在雪菜他們身邊肆虐。

有東西正乘著風飛來。它具備優美的銀色鋒刃、分成三叉的槍尖、使人聯想到飛機的流麗輪廓。全由金屬打造的銀色長槍——

「『雪霞狼』？」

乘著暴風飛來的那柄槍，雪菜在空中接住了。

那個瞬間，原本肆虐的暴風頓時停歇，彷彿將槍送到雪菜手上就已達成使命——

「到底是什麼人！用這種方式……」

雪菜驚愕地望著回到自己手中的長槍。

全由金屬打造的「雪霞狼」絕非輕量的武器。雖說「深洋之墓」已經滿接近陸地，但是它離絃神島尚有四、五百公尺遠。

從這種距離擲槍，將武器送到雪菜身邊——儘管不明白對方身分，也可想見是非凡能力的持有者。

熟人中當然沒人能辨到這種伎倆，而且看來那名人物還知道雪菜是這柄長槍的主人——表示對方知道雪菜的真實身分。不過，救兵的底細之後再追究，該打倒的敵人就在眼前。

「哦——運用氣流的好手嗎？」

賈德修煩悶地撫平被風吹亂的頭髮嘀咕：

「不愧是遠東的魔族特區，會用奇特招式的人還真多。不過——」

他瞪著握槍擺出架勢的雪菜，貌似愉快地揚起嘴唇。

「這下終於能見識妳真正的能耐了？有意思。機關算盡以後，才輪到斷鋼碎鐵的血戰。戰爭果然就該是這副模樣。」

爭鬥的喜悅讓獸人眼中炯炯有光。然而，由雪菜唇中吐露出來的，卻是和老將校威猛嘶吼處於對極的靜靜禱詞。

「——狻猊之神子暨高神劍巫於此祀求。」

雪菜體內膨發的咒力，藉「雪霞狼」獲得增幅。那光芒使賈德修瞇起眼睛。他察覺到雪菜所拿的銀色長槍，對魔族而言乃是極度危險的存在。

賈德修握起短刀，朝毫無防備起舞的雪菜猛衝。雪菜反倒用徐緩的動作迎戰——

「破魔的曙光、雪霞的神狼，速以鋼之神威助我伐滅惡神百鬼！」

勝負瞬間分出。當銀光炫麗交錯而消散之際，雪菜施展的一擊已經將賈德修握刀的右手自上臂整截砍斷。

「……幹得漂亮，劍巫。不過，這場仗是我贏了。」

傷口狂湧鮮血之餘，賈德修仍笑道。他撿起被砍斷的右臂，然後縱身跳上位於雪菜頭頂的上層甲板。

在那裡有賈德修兩名部下的身影。

其中一名手裡捧著平板電腦，另一名則在兩邊腋下各抱著身穿制服的少女。

「藍羽雪姊！凪沙！」

看到她們陷入昏迷，雪菜發出短短驚呼。

她在盛怒下提起長槍，打算朝那些人直撲而去。可是在那樣的她眼前，忽然有深紅色閃光掃過。是大口徑雷射的炮擊。

「納拉克維勒？該不會……！」

古代兵器破海而出的駭人形影，讓雪菜失去血色。

納拉克維勒貼靠著「深洋之墓」的船體，卻無意對任何人發動攻擊。雪菜察覺到這點，產生恐懼。

現在的古代兵器並非處於失控狀態，而是在操縱者的掌控之下。

「石碑解讀得如何？」

賈德修要求部下報告。一名部下將淺蔥等人擱到地板回答：

「似乎是結束了。關於內容的正確性，葛里果雷已經在進行確認。就像那樣。」

這樣嗎？賈德修如此滿足說道，點頭表示稱許。雪菜砍斷的右臂已停止出血，接起的前臂似乎也開始癒合了。即使以獸人來說，生命力仍屬驚人。

「——事情就是如此。投降吧，獅子王機關的劍巫。我也讓瓦特拉等候多時，現在已經沒有閒工夫應付妳。」

賈德拉正言厲色相勸。雪菜無言地咬著嘴唇。

完全無步可走了。縱使有雪霞狼，要對付含賈德修在內的三名獸人，免不了一番苦戰。況且他們已將淺蔥和凪沙擄為人質，又有納拉克維勒對其唯命是從。無論形勢如何演變，雪菜都沒有勝算。

在納拉克維勒曳航下，「深洋之墓」在漂浮於海上的第十三號增設人工島靠岸。

賈德修等人的目的，八成是將貨艙裡處於休眠狀態的納拉克維勒運到陸地，並且令其覺醒。然後他們打算用六具納拉克維勒和瓦特拉交手。

就算知道這一點，雪菜也不能做些什麼。油壓幫浦發出巨響，「深洋之墓」的吊閘逐步開啟。

隨後——

天空響起嘶吼般的猛獸遠吠，令雪菜等人震耳欲聾。

緊接著就像遭受轟炸似的，無數碎片散落，增設人工島猛烈搖盪起來。

4

「可惡……這也是死路嗎？」

古城疲倦的聲音在黑暗中迴盪。這裡是狹窄的檢修用通路，遍布於增設人工島內部。

照理來說，這條通路應該會通到地上，但實際上卻沒有那麼單純。除了路線如迷宮般盤根錯節，還到處被瓦礫堵塞。來來回回重複繞過幾次以後，古城他們連自己的所在位置都迷失了。

而且他們腳下更有海水陣陣湧上。頭頂漏下來的水，早已讓古城和紗矢華全身濕透。

「不妙耶，水位上升速度變快了。這樣下去或許撐不了十分鐘，這裡也會被淹沒。」

紗矢華望著擋住去路的瓦礫，恨恨地嘀咕。

古城踹開腳邊的鋼筋。

「——大概也不能用『獅子之黃金』將路轟開吧。」

紗矢華用消沉的目光望著古城答腔：

「在這種溼答答的地方，要是召喚那樣一大團電流，我和地面上的人都會變成焦炭耶……你也不會沒事吧？」

「哎，說的也是。」

古城沮喪地垂下肩膀。之前他就隱約感覺到，吸血鬼的眷獸派不上用場的狀況也太多了。和那頭兇惡的雷光巨獅一比，手機的掀蓋亮光還能當手電筒用，感覺更方便。

「即使交給『煌華麟』，也實在拿這麼多瓦礫沒辦法。」

紗矢華沉沉地拖著左手的劍說道。

我看也是——古城如此心想。

「就算有個能把岩石劈成兩半的劍術高手在，靠日本刀也挖不了隧道嘛。」

「嗯。」

無力地露出微笑的紗矢華，「啾」地打了個異常可愛的噴嚏。古城察覺她被水濡濕的肩膀正微微發抖。

「地底下實在夠冷的，而且我們又渾身濕。」

古城吐著白色氣息咕噥，視線驀地停在紗矢華的胸口。

淋濕的開襟襯衫緊貼著肌膚，內衣清楚地透出輪廓。被淡粉紅色花紋包裹的豐滿雙峰，以及夾在其中的誘人深溝。

吸血鬼看穿黑暗的雙眸，將那模樣過度鮮明地映在眼簾。

「你怎麼了？」

紗矢華一臉不可思議，朝忽然沉默的古城望過來。

嗯……這麼應聲的古城連忙別開視線。紗矢華先是納悶地盯著那樣的他，才回過神遮住自己胸口。

「曉古城……！」

「不……不是啦！我是覺得妳看起來很冷，在想要不要把連帽衣借妳——」

「我可不敢穿你那件吸滿色情體液的連帽衣！會懷孕耶！」

「會才怪！妳到底把吸血鬼當成什麼啊！」

古城粗聲粗氣大吼，卻聽不到紗矢華理應要有的反駁。無所適從地低著頭的她，開始撥弄著自己的手指頭。

「……而……而且總覺得對雪菜過意不去。」

「啥？姬柊和我們現在沒關係吧？反正妳穿上啦，拿去。」

古城硬把自己的連帽衣披到她的肩膀。儘管濕答答的狀況依舊不變，有古城的體溫烘暖過，應該多少好一點。

彷彿品味著那股體溫，紗矢華將連帽衣的領口拉齊——

「欸，曉古城。」

「怎樣？」

「你會不會覺得，要是能用其他眷獸就好了？」

「那個嘛……在這種狀況下難免啦。」

之前好像還有別人問過類似的問題耶。古城這麼想著皺起臉。

古城從第四真祖繼承而來的眷獸共有十二匹。在這種狀況下能將瓦礫轟開的眷獸，應該也包含於其中。比如說，險些將學校樓頂震得粉碎的那傢伙。

「——可是，之前我硬將『獅子之黃金』召喚出來時，差點將絃神島東區整塊燒光。在這裡要是舊事重演，這座快毀掉的人工島不用兩下子就會沉到海裡啦。」

古城發出嘆息。第四真祖的眷獸為什麼就是這麼難使喚？

但是紗矢華仍默默仰望著古城。

「只要控制得當就可以了，對不對？雪菜就是為此才讓你吸血的吧？」

「煌坂？」

對於紗矢華尋思般的態度，古城蹙起眉頭。

紗矢華則莫名紅著臉，目光顯得猶疑閃爍。

「問……問你喔，我的塊頭是不是很大啊？硬要說的話。」

面對她唐突的問題，古城梗住聲音回答不出，目光則在無意識間飄到連帽衣前襟底下露出的胸口。

「這……這個嘛，如果和姬柊比，是不算小啦。」

「就是嘛。感覺不可愛對不對？」

紗矢華說著自嘲般笑了。

什麼意思？古城如此感到疑惑。是指胸部太大的話，就穿不了可愛款式的內衣嗎？紗矢華那太過凹凸有緻的身材，也許確實會碰到這種狀況。

「那沒什麼好在意的吧。」

「咦？」

「男生當中，喜歡雄偉的人比較多不是嗎？那樣看起來很有女生的感覺。」

古城想起刺蝟頭好友說道。

然而紗矢華卻困惑般歪著頭問：

「很有女生的感覺？小一點不是才比較可愛？」

「呃，也是有人喜歡那樣吧。不過這方面大家各有所好嘛。哎，雖然當事人也可能因為肩膀痠痛而吃不少苦。」

「……肩膀痠痛？你在講什麼？」

紗矢華聽得猛眨眼。古城也和她一樣歪著頭。

「咦？不是那樣嗎？之前我聽哪個寫真女星提過就是了——」

「寫真女星？」

紗矢華打從心裡混亂得沒了表情。之後，她氣得肩膀頻頻顫抖。

「——誰在和你聊胸部啊！我是問身高，身高！」

「咦？身高？怎麼會忽然扯到那裡？」

「哪有什麼忽然不忽然，我從一開始就只有問你這個！」

紗矢華像兇犬一般，從喉嚨發出低鳴。

而古城懶散地低頭望著她說：

「是說煌坂，妳也不算多高吧？差不多一百六十六或六十七，就這樣不是嗎？一般來說，我覺得算身材好就是了。」

照古城參加過籃球隊的觀感，紗矢華這種身高挺稀鬆平常。他反倒還覺得視線的高度接近，說起話來很方便。

也許是最後一句發揮了效果，紗矢華稍微恢復心情。

「在我們學校，這種個子就算最高的了！害我每次都負責對其他女生用公主抱……」

「公主抱？」

就是她曾經拚命喊著「不算」的那種抱法？古城記得她對那件事格外介意，不過要是就對身高有自卑感的紗矢華來看，應該就是重大問題了。

「所……所以，我覺得有一點高興。因為以前都沒有那種經驗。」

紗矢華連耳朵都變得通紅。

「真……真的就一點點而已。我並沒有妄想過將來會遇見真命天子，然後硬是被他抱起來而愛上對方——」

「是……是喔。」

知道紗矢華並不是在生氣，古城才稍感放心。

現在的她看起來就和古城的同學一樣，是個滿普通的高中女生，感覺和英勇迎戰納拉克維勒的舞威媛判若兩人。過去雪菜和紗矢華當室友時，應該總是看著這樣的她吧。會冒出「可愛」這種感想，也滿能讓人認同。

紗矢華揪住古城的胸口，溫柔地輕拉。

而她自己也朝古城靠近。不知不覺間，他們倆的距離已經近得能感受到彼此呼吸。

「所以……你要對雪菜保密喔。」

紗矢華細語的聲音正在發抖。應該是寒冷以及恐懼所致。

可是，當她貌似下定決心而依偎到古城懷裡的瞬間，顫抖停止了。

「為了回報你，我讓你吸一次血。還是說，我果然不配嗎？」

面對紗矢華仰望的盪漾目光，動搖的古城看得入迷。

「呃，沒那回事。可是，這樣好嗎？煌坂，妳……」

紗矢華悄悄將手繞到擔心她的古城背後。

他們倆的身體依然又濕又冷，但是從彼此緊貼的肌膚感受到柔柔暖意。

「你不會讓我害怕，真不可思議……明明就是世界最強的吸血鬼。」

紗矢華說著輕輕碰觸古城嘴邊，碰觸古城那尖銳的獠牙——

沖進通路的水勢變強了，強得兩個人要是不緊緊摟住彼此就可能直接被沖走。後來兩道身影相融般交纏合一，紗矢華細細的呻吟在水面迴盪擴散開來。

5

「可惡……結果還是不行嗎？」

矢瀨一邊吐出梗在喉嚨的膠囊殘渣一邊喘氣。

有亂流席捲於他四周，是用過能力造成的後遺症。

將雪菜擱下的「雪霞狼」擲射到浮在海面的「深洋之墓」，這種蠻橫伎倆只有操縱氣流的矢瀨才辦得到，不過事情至此都在軌道上。

雪菜一如期待地將賈德修打倒了。原本照矢瀨的估計，雪菜差不多也該救出淺蔥等人才對。但失算的是納拉克維勒的操控指令，分析完成得比想像中更早。

「就算姬柊再厲害，對上那個古代兵器也沒轍吧。我都冒著被懲罰的風險出手幫忙了，淺蔥那傢伙太拚了啦——」

矢瀨癱軟趴在地上，無力地發著牢騷。

穿著華美三件式西裝的瓦特拉，則是倍感趣味地望著他說：

「原來如此。所以身為監視者的你直接干涉戰鬥是犯忌啊？想不到你也挺辛苦呢。」

「只要你那時候沒來礙事，我還能處理得更妥當一點就是了。」

矢瀨幽怨地側眼看向瓦特拉。淺蔥等人被綁架以後，他立刻察覺黑死皇派就待在「深洋之墓」船上。之前要是能知會特區警備隊這項情報，他們既不會上誘餌的當，其後的局勢發展也將大為不同。

「多虧如此，才能看到有趣的戲碼不是？」

瓦特拉毫不愧疚地說道。

在第十三號增設人工島靠岸的「深洋之墓」，正好要將五具納拉克維勒運出。即使一具也擁有可觀戰鬥力的古代兵器，共有六具。對於瓦特拉來說應該也會是興味盎然的一戰。正該如此，他來到這座遠東小島才有價值。

「好啦，賈德修那邊好像也完成準備了。差不多輪我上場了吧？」

預見久違的華麗死鬥將至，瓦特拉迫不及待地踏出腳步。

矢瀨朝著他的背影挖苦似的笑道：

「這難講喔。身為第四真祖的朋友，我要告訴你，最好別期待古城會照你的盤算走。」

像是要為他的話佐證，「嗡」的一聲，刺耳的高周波籠罩住瓦特拉等人。接著則有強烈振動令增設人工島整體簌簌簌地發顫。

「……哦。」

瓦特拉貌似佩服地咕噥。增設人工島的地底冒出驚人的大團魔力，正不分目標地灑下兇猛的波動。

那是一道狂暴猙獰的能源聚合體，甚至能凌駕瓦特拉的合體眷獸。這座絃神島上並不存在那種東西，除了第四真祖曉古城的眷獸是唯一例外——

「你來啦，古城。」

矢瀨滿足地低語，然後便精疲力竭地闔上眼。

地底噴湧出的巨響化為衝擊波，將增設人工島的地面轟穿，捲起大量碎片。即使如此，搖撼大地的隆隆聲響仍未消失。

受振動凝縮的大氣在扭曲間製造出蜃景，蜃景中的虛像過不久便化作野獸形貌。

擁有緋亮鬃毛及雙角的巨獸形貌——

賈德修的行動極為靈敏。

「第四真祖的眷獸嗎！葛里果雷，我要駕駛女王(Malika)出擊。在那之前你先對付它。」

『——了解了，少校。』

透過無線電留下這句，最初那具納拉克維勒轟然開始行動。它一邊灑下深紅色閃光一邊朝雙角眷獸而去。

賈德修則趁隙趕往船艙。他打算搭乘雪菜在貨物艙裡看到的那具大型古代兵器。

「站住，克里斯多福．賈德修！」

銀槍一轉，雪菜追到他身後。而賈德修的部下煩躁地瞥向她，擲出了某種物體。是個飲料罐大小的金屬筒。

察覺到那是手榴彈，雪菜大驚失色。

上層甲板還有變成人質的淺蔥她們留在那裡。要是在極近距離內挨到那玩意的毒手，身為血肉之軀的她們絕對禁不起一擊。

雪菜放棄追趕賈德修，轉身撲向倒地的淺蔥和凪沙。她想用自己的身體當肉盾，守住兩人不被手榴彈的爆炸攻擊。

「……！」

然而，覺悟要承受的衝擊卻沒有侵襲雪菜等人。

結果只有在遙遠海面上濺起小規模飛沫而已。

「咦？」

雪菜在混亂之餘起身。剛才並沒有時間撿起手榴彈扔回去，更絕對不會有餘裕丟到那麼遠的地方。

可是手榴彈實際移動了，彷彿有人將那連同空間一起做了轉移。

「──看來所有人都算平安啊。」

在雪菜眼前，空無一物的空間如漣漪般蕩漾以後，有個嬌小女性緩緩走出。

是打著黑色蕾絲陽傘，身穿華麗禮服的女性。

「多虧妳到處揮舞那柄槍讓這艘船的結界裂開，我才能進行轉移。妳挺身保護我的學生，暫且先謝妳一聲，姬柊雪菜。」

「南宮老師？」

無聲無息從虛空中現身的那月，讓雪菜訝異得抬頭仰望。

空間轉移是最高難度的魔法之一。憑個人之力能使用那種魔法的人，在獅子王機關也只有幾個。更何況是像這樣，能將魔法運用得好比進隔壁房間一樣輕鬆的施術者，以往雪菜從來不曾聽說過。

儘管外貌純稚，那月似乎是超出雪菜想像的怪物。

該說真不愧是第四真祖的班導師嗎？所以她平時那副擺架子的態度並非虛張聲勢。

「我會將她們帶到安全的地方。妳打算怎麼辦？轉學生？要一起來嗎？」

那月將昏睡的淺蔥等人抱到身邊問道。

雪菜搖搖頭起身。

「我會和曉學長會合，因為我是負責監視他的人。」

「哼。真有工作熱忱。」

隨妳高興吧——那月這麼說著，令空間扭曲。她將持續昏睡的淺蔥和凪沙粗魯地甩到那裡頭，接著有些使壞地呵呵笑道：

「可是，也許用不著妳去喔。」

「咦？」

最後留下了若有深意的一句話，那月的身影乍然消失。雪菜雖感到困惑，仍要找尋理應正在和納拉克維勒交戰的古城。

在增設人工島上頭，古城的眷獸已壓倒負傷的古代兵器。

生有緋色鬃毛的雙角獸（Bicorn）——雪菜不認識的眷獸。

那代表的意義只有一個。古城在雪菜不知道的時候，吸了某個人的血。

這項事實莫名讓雪菜相當不快，而她對於自己的這種焦躁感到有些疑惑。

但是冷靜一想，古城瞞著負責監視的她擅自吸別人的血，自己會生氣也是理所當然。沒錯，就只是如此而已——雪菜告訴自己。

這時候，手機鈴聲在雪菜懷裡響起了。結果鈴聲來源是淺蔥的那支智慧型手機。

看到顯示在螢幕上的名字，雪菜接起來電。

『唷，小姐。之前那項工作處理完囉。』

電話迴路傳來的，是和淺蔥搭檔的人工智慧語音。既然掌握絃神島所有都市機能，有能力打電話也是合情合理。

「呃……摩怪先生？」

雪菜怯生生地喚道。摩怪似乎立刻對此進行分析，並過濾出聲音的主人。

『哎呀，妳是和小姐互為情敵的轉學生？』

「咦？情敵？」

『淺蔥小姐呢？』

「她到安全的地方去避難，現在應該正在昏睡。」

對於雪菜的回答，摩怪「唔～～」地顯露出困擾的動靜。以人工智慧來說，這種反應設計得十分細膩，反映的應該是淺蔥看似粗線條實則纖細的性格。

『這樣啊。怎麼辦呢？她叫我用手機聯絡，以免被恐怖分子發現。』

「是什麼事情？」

雪菜提高音量。淺蔥避著恐怖分子耳目偷偷進行的作業，只讓人覺得其中必有什麼重要的意義。

『呃，就那個啦。』

彷彿被雪菜的氣勢嚇著，摩怪不得已開口回答。

『叫什麼古代兵器來著的操控指令啊——第五十五種指令。』

6

古城和紗矢華站在一處平緩的坡道。

頭頂是久違的耀眼陽光，夏天的海風讓濡濕發冷的身體感到舒服。

古城他們背後有塊讓人聯想到乾涸湖泊，直徑約三百公尺的大窟窿。覆蓋著增設人工島表面的鋼板大地上，留著同心圓狀的凹陷。

而在凹陷窟窿的中央，緋色雙角獸正發出刺耳嘶吼。

「……你真的很亂來耶。」

紗矢華回頭望著那塊窟窿，一臉由衷感到傻眼地嘆息。

可是她的語氣卻與內容相反，透露出某種愉悅。

「我們確實來到地面上了，但也不用捅出這種大得誇張的窟窿吧。要是我沒有用『煌華麟』擋住瓦礫，現在我們已經被活埋了喔。」

「有意見別找我，去跟眷獸說。我只要清除掉塞住通路的瓦礫就滿意了。」

古城用疲倦的嗓音反駁。

沒錯。靠新獲得的眷獸力量將通路上的瓦礫轟開——古城希望的就是如此而已。但眷獸實際出現卻斷然大舉破壞，用意像是：「既然上面太高出不去，讓天花板變低不就行了？」振動波和衝擊波將增設人工島的分隔牆及樑柱徹底粉碎，真的讓整片天花板都坍陷了。

「獅子之黃金」是挺擾民的眷獸，但是那頭雙角獸也狂野得毫不遜色——應該說，它還給人變本加厲的錯覺。不過，那股凶暴至少在目前是可靠的。

「讓雪菜留在你這種人身邊，果然很危險。」

紗矢華仰望著古城說道，嗓音裡沒有以往針鋒相對的感覺。她依偎著古城似的站著，更露出了笑容。

「所以，這一次就由我來照料你。趕快收拾那些傢伙吧。」

紗矢華目光望去的方向，有著再度上岸而來的古代兵器。那是最初與古城他們交手，已經受到損傷的納拉克維勒。

形狀和最後看到時並無改變，可是行動性質明顯不同。那是反映出操縱者意志的知性行動。它將凹陷的地表當作壕溝利用，並從副臂發射深紅閃光。

憑古城一人，大概無法閃過那種變通的攻擊方式。

然而，接下那光速一擊的是紗矢華的劍。說好要照料古城的她，一如約定成了他的盾。

「迅即到來，第九眷獸『雙角之深緋(Alnas Minium)』——！」

而受到紗矢華保護的古城，對剛馴服的新眷獸發下命令。

深緋色雙角獸發出咆哮。

形影有如蜃景的這匹眷獸，身體本身就是驚人振動波的聚合體。

突出於頭部的兩隻角如音叉般產生共鳴，發散出兇惡的振動高周波。那股振動能粉碎岩石，撕裂金屬。以干擾鄰居清幽的層面來說，它肯定是最凶狠的一匹眷獸。

雙角獸的咆哮隨即化為衝擊波子彈，攻向納拉克維勒。

把真祖眷獸具備的龐大魔力，轉換成物理能量痛擊敵人。

其力量將眾神的兵器摧毀得不留原形。裝甲碎散，骨架斷裂。周圍空氣受到急遽壓縮，變成數千度高溫而令機體燃燒殆盡。

納拉克維勒就這麼彈飛幾百公尺遠，停下動作。

「糟糕……裡面的操縱者……死掉了嗎？」

對於雙角獸毫不留情的攻擊，感到驚慌的反而是古城。

在納拉克維勒的內部應該搭有黑死皇派的恐怖分子。像那樣被轟得老遠，倒不讓人覺得能存活下來——

「照獸人的生命力，那種程度不會死的。雖然我想暫時是動不了。」

紗矢華在心生動搖的古城耳邊大喊。

「重要的是那邊那五架！趁操縱者坐上去之前先將它們毀掉！」

「唔……喔！」

紗矢華用手指著的，是從「深洋之墓」運出的五具納拉克維勒。那些沒有操縱者的機體仍處於休眠狀態。這樣的話，就可以毫不顧忌地將它們打爛。

可是，當緋色雙角獸正要衝向古代兵器的陣仗時，有股巨大的爆炸從旁邊撲上它的龐然身軀。

「——怎麼回事！」

攔住雙角獸衝刺的，是一道噴著火飛過來的圓盤，與西域鬥神相傳拿在手上的戰輪十分相像。戰輪與雙角獸對撞，隨即爆炸並捲起熊熊火焰。看來戰輪的真面目是類似滿載炸藥的飛彈。

其威力恐怕與攻擊都市用的巡弋飛彈相等，或者更甚。那並非能一擊打倒真祖眷獸的力量，但至少已發揮阻止雙角獸衝刺的效果。

瀰漫全身的餘焰被深緋色眷獸煩躁地甩去。

雙角獸瞪視的是「深洋之墓」的後部甲板。大型遊船的優美船體被扯裂，有道巨大的形影從中現身。

它裝備著與納拉克維勒相同材質的裝甲，尺寸卻大得懸殊。八條腿、三個頭部，還有如女王蟻般鼓起的胴體。覆蓋其胴體的裝甲張開以後，伸出的是裝著戰輪的發射炮——

無數戰輪朝著威嚇般發出吼叫的雙角獸齊射而出。

「曉古城，趴下！」

「什——！」

紗矢華揮劍設下防禦障壁。受障壁保護的古城他們頭上，被灼熱烈焰蓋滿。為了對抗同時射出的戰輪，雙角獸放出振動波。兩股巨大力量正面衝突，對周圍造成驚人破壞。

受爆壓擺弄之餘，古城茫然抬頭看著那幅景象。

損害殃及的並不只第十三號增設人工島。因為烈焰而迷失目標的幾道戰輪，飛落於絃神島本島。

大規模爆炸陸續湧上，街區噴出黑煙。

「居然做出……這種事……」

當場無力跪下的古城，怒不可抑地揮拳痛揍地面。

這一帶的居民應該已經被特區警備隊指示去避難了，但是造成損害的事實依舊不會改變。黑死皇派不分青紅皂白破壞全然無關的人們過活，是不折不扣的恐怖分子。

納拉克維勒的女王機開始行動，緩緩朝增設人工島登陸。

剩下的五具納拉克維勒也跟著採取動作。

它們配合無間地對古城等人展開包圍。恐怕是納拉克維勒的女王機在指揮它們，那活脫脫就是兵器的姿態。兵器這種玩意會為了達成作戰目標，在戰鬥時交相配合。

「哦……這就是納拉克維勒原本的力量嗎？」

咬牙切齒的古城耳裡，聽見一道彷彿有點亢奮的男子嗓音。在焦味滿布的爆炸煙塵下，悠悠走來的是瓦特拉。

「幹得很不賴嘛，賈德修。沒想到他會留著這樣一張王牌。你怎麼辦？古城？還是要讓我來接手？」

瓦特拉露出皓齒，挑釁般對古城說道。就連在這般情況下，這個做作的男子在行舉間依然有種特殊的俏皮。

古城苦澀地咂嘴，然後帶有攻擊性地瞪向他說：

「我應該叫你閃一邊去了，瓦特拉……！每個傢伙都只會自作主張，我快要氣炸了！」

火冒三丈的古城全身瀰漫怒氣。那點燃了他沉睡的鬥爭心，令真祖之「血」滾沸翻騰。

「我不管對方是戰王領域的恐怖分子還是古代兵器。接下來這場仗都屬於第四真祖！」

瓦特拉望著古城身上環繞的兇猛霸氣，滿足地笑了。

不吭一聲站起來的紗矢華則以左手持劍，站到古城身旁。

而古城的右邊還有個自然得像是本來就該在那裡的嬌小身影踏出腳步。

「——不對，學長。這場仗，是屬於『我們的』才對。」

那是手持銀槍、身穿制服的少女。不知為何，姬柊雪菜正用鬧彆扭的眼神仰望著古城。

7

「姬……姬柊？」

古城嚇得叫出她的名字。雪菜眼裡依然不帶情緒而冰冷，微微點頭說：

「是的。有什麼事？」

「呃，妳……妳怎麼會到這裡？」

古城感到毫無根據的不安及莫名內疚，對她問道。

直到剛才，雪菜應該還跟淺蔥等人一起待在「深洋之墓」船上。而她出現在這裡，表示已經讓淺蔥等人到安全的地方去避難，而且也將「雪霞狼」拿回手裡了。真虧她能在那麼短的時間裡辦到這些。

「因為負責監視學長的人，是我。」

不知為何用了倒裝句強調以後，雪菜把槍尖指向古城。她來回看著仍然沒有表情的古城和紗矢華，以及從爆炸烈焰中現身的緋色雙角獸。

「學長，你掌握了新的眷獸，對不對？」

雪菜用缺乏抑揚頓挫的冷淡聲音提問。古城笨拙地點頭，然後和紗矢華交會目光。

「是……是啊。莫名其妙發生太多事，就變成這樣了。」

「對……對嘛。應該說是出於不測的意外，或者某種不可抗力的因素。」

紗矢華僵硬地垂下視線，也用指頭拉了身上連帽衣的領口。

對於紗矢華這種態度，雪菜看來有些意外地看著她。

「這樣嗎？」

真是令人傷腦筋的人呢——長長嘆氣的她彷彿有這個意思。她將銀槍指向納拉克維勒，重新擺出架勢。

「那麼，這件事情之後再談。先將他們收拾吧。」

「唔……好。」

就這樣就這樣——古城如此點頭附和。

雪菜再次短短嘆氣，然後瞪著爬出地面的巨大古代兵器。

「學長，克里斯多福．賈德修在那架納拉克維勒的女王機裡面。」

「女王……意思是指揮官機嗎？」

在古城說完以前，古代兵器的女王機再度齊射戰輪。雙角獸以咆哮擊落那些，空中再度籠罩火焰。

接著則有五具小型的納拉克維勒用深紅閃光猛轟。

灼熱光線陸續侵襲古城等人的四周，紗矢華拚命將那些砍落。

攻擊的餘波使「深洋之墓」的船體著火燃燒，古城他們所在的增設人工島傳出了令人發

毛的吱嘎聲響，堅韌的人工地殼也已瀕臨極限。

「混帳，每個傢伙都胡搞一通……！」

古城因為接連不斷的爆炸聲而堵住耳朵，嘴裡低聲咒罵。紗矢華喘著氣大喊：

「曉古城！這樣下去會一面倒！」

「我知道！迅即到來，『獅子之黃金』！」

古城高舉右臂，喚出另一匹眷獸。

雷光之獅灑下閃電，朝敵陣一躍而去，瞬間就衝散五具古代兵器。接著它更勢如急雷地朝指揮官展開突擊，將納拉克維勒女王機的巨軀撞落海裡。

對於沉入海面的指揮官，它有意進一步追擊。

「不可以，學長！讓那樣大團的電力撞向海水，會——」

雪菜連忙制止古城。然而在她開口時，雷光之獅已經衝進海面。莫大電流導入海面擴散後，熱能導致水蒸氣爆炸。

「唔哇……」

巨大水柱噴湧至上空數百公尺，爆炸的震動令增設人工島為之搖晃。未預期的衝擊讓古城腳步不穩。看來「獅子之黃金」在性質上是無法於海中使用的眷獸。

「那就改用這招——！」

戰輪的攻擊中斷，變自由的雙角獸發出嘶吼。共鳴的兩支角使得振動增幅，灑落的衝擊令大地搖盪，催生出巨大波濤。宛如聖經裡的一節，大海以緋色眷獸為中心分隔開來。

望著古城等人作戰的瓦特拉喝采：「哈哈！」並拍起手。

「你將海分開啦，古城。不愧是第四真祖的眷獸，可真壯觀。」

「這不是表演給你看的戲！」

古城朝無邪的貴族青年吼回去，並更加持續猛攻。雙角獸對著納拉克維勒女王機現形的龐然身軀發射衝擊波子彈。大型古代兵器重重地撞上海底，一半以上的身軀陷入地殼而停止動作。

分隔開的海水恢復原貌，洶湧波濤將納拉克維勒女王機的身影淹沒。

「解決掉了嗎……？」

古城疲乏地說道。要同時操控兩匹眷獸，著實消耗神經。因為只要稍微鬆懈，那些傢伙何時失控都不奇怪。

可是，陷入半恍神狀態的古城被紗矢華厲聲喝斥：

「還沒有結束，曉古城！」

劍芒劃過，她從傾盆而降的深紅閃光中守住古城。

理應被「獅子之黃金」摧毀的五具小型納拉克維勒，又開始動作了。而另一側，還有一具在最初被雙角獸摧毀的機體，拖著依然焦黑的身影正要站起。

「自我修復……？從那種狀態下還能復活？」

「不只這樣喔。它們還改換破損裝甲的材質，增加對振動和衝擊的抵抗力。對你的攻擊分析出對策了。」

紗矢華冷靜地評析。和她的劍舞被擋住時一樣，納拉克維勒會從曾受過的敵人攻擊中學習，將自己改變得能夠承受那些。

而且透過納拉克維勒之間的網路，資訊似乎瞬時間就能傳給其他機體。縱使讓一具納拉克維勒失去行動能力，其他機體就會得到對攻擊的韌性。而遭到摧毀的機體最後也會藉著自我修復，回歸到戰線。

「它們撐得過『獅子之黃金』的攻擊，也是因為已經學到經驗了嗎？每次受到攻擊都會變得更強……喂，那種玩意要怎麼打倒？」

古城感到腦袋發昏。無論怎麼摧毀都能自我修復，而且越受攻擊就會變得越強的兵器。簡直可視為連真祖都能打倒的終極力量，不是嗎？

然而，雪菜仰望著被逼急的古城，嫣然笑了。

「不，學長。不要緊的，我們贏得了。」

她這麼說著，拿出了一支小小的淡桃紅色智慧型手機。

雪菜朝顯示在液晶螢幕上有如布偶般的人工智慧喚道；

「——對不對，摩怪？」

『噢。因為淺蔥小姐已經替大家準備好反攻的手續了。』

「淺蔥她……？」

聽聞意料外的姓名，古城啞然。理應是個嬌弱高中女生的淺蔥，會奈何得了無敵的古代兵器？

「藍羽學姊分析出納拉克維勒的操控指令，也偷偷設計了『新的指令』。」

『惡用納拉克維勒的自我修復機能，讓它們自滅——算是一種電腦病毒啦。大概可以取名為「結語」吧。』

「電腦病毒……是這麼簡單就做得出來的東西嗎？」

古城當然也明白，淺蔥是優秀的程式設計師。

可是，對方和隨處可見的電腦或遊戲主機並非同一回事。非但如此，眾神所造的兵器根本就不是出於人類之手。解讀出全球學者聚首也一無所措的石碑之餘，還能抽空利用其脆弱性安裝電腦病毒——

神乎其技得令「天才」這種形容詞都要失色。實在太扯了。

『做得出那種玩意就是小姐她嚇人的地方嘛……讓「電子女帝」動真格地發火，那些恐

怖分子算是倒了八輩子楣囉。你最好也要留意，別壞了小姐的心情。咯咯咯……』

摩怪逗弄人似的說道。古城默默聳肩回答：

「所以我們該怎麼做才好，姬柊？」

「納拉克維勒是靠語音操控的。只要進入納拉克維勒的女王機當中，然後播放藍羽學姊設計的語音檔案，所有機體應該就會停止。」

雪菜將視線轉向海上。理應沉入海底的大型古代兵器恰好已完成自我修復，正要再度爬上來。

「要進去那個大傢伙裡面……等等，怎麼做啊？會變成集中火線的砲灰耶。至少也得讓那些傢伙停止動作——」

被絕望預感侵蝕的古城發出咕噥。他的兩匹眷獸已經用來替他們一行人防禦。風暴般飛落的戰輪，還有接連不斷射來的大口徑雷射。光要防阻這些就已經忙得不可開交。

眷獸們的反擊，對於那些已完成學習的納拉克維勒效果薄弱。儘管現在還靠著壓倒性的力量差距硬是穩住戰局，但這項優勢應該不會持續太久。

這種情況下，血肉之軀的古城等人要接近納拉克維勒女王機，想來就是自殺之舉。

至少也得再次摧毀它們，只要製造出自我修復的空檔就仍有可為——

當古城對力有不逮的自己咬牙切齒時——

「由我來制止納拉克維勒的行動，雪菜。」

長髮搖曳生姿的紗矢華走向前。

「煌坂？」

「你明白吧，曉古城。既然敵人會分析我們的攻擊然後進化，機會只有一次。要是你扯了我和雪菜後腿，就讓你化成灰喔。」

紗矢華往前舉出握著劍的左手。

霎時間，銀色的劍身分隔成前後段。以相當於護手的部位做為支點，分隔的半截劍身一百八十度迴轉過來。強韌銀弦拉上以後，就化為新武器的面貌。

「——弓？原來那是西洋弓！」

古城發出感嘆聲。紗矢華的劍如今已變成劃出美麗拱弧的銀弓。那是一把稱為「反曲弓」，造型具現代感的西洋弓。

撈起自己裙襬的紗矢華，從繫在大腿上的皮套抽出金屬製飛鏢。她將右手一晃，飛鏢便沿伸成為銀色箭矢。

「六式重裝降魔弓。這就是『煌華麟』的真正模樣喔——」

帶著炫耀新玩具的孩童般的表情，紗矢華笑道。

她用行雲流水的秀麗動作搭上箭，使勁拉滿弓弦。

「——狻猊之舞伶暨高神真射姬於此誦求。」

紗矢華唇裡流洩出澄澈禱詞。

在她體內精鍊出的咒力使弓身進一步增幅，並裝填至銀箭之中。

紗矢華說過「煌華麟」有兩項能力。一項是令物理性攻擊無效的絕對防禦障壁。若是如此，另一項究竟會是——

「極光的炎駒，煌華的麒麟，汝統天樂及轟雷，乃披憤焰貫射妖靈冥鬼之器——！」

紗矢華射出銀箭。

尖銳飛射聲劃穿大氣，化為猶如慟哭聲的駭人遠嗥。那道飛射聲正是六式重裝降魔弓——受詛魔弓的真正能力。

「——用聲音嗎！」

古城同樣察覺了魔彈引起的異變。紗矢華所放的箭，並非瞄準納拉克維勒。那支銀箭的真面目是嚆矢，發出大聲響以降魔破邪的咒箭。

紗矢華是舞威媛，暗殺和詛咒的專家。人類聲帶和肺活量無法吟唱的失落密咒，她能用魔彈進行誦詠。響於整座戰場的嚆矢咒語，已描繪出半徑長達數公里的巨大不可視魔法陣。

從中催生的龐大「瘴氣」灑落在古代兵器上，妨害其機能。

「學長！」

雪菜挾著銀槍的鋒芒拔腿猛衝。

令眾神兵器無法承受的淒絕瘴氣。普通人要是沐於其中定會喪命，哪怕是吸血鬼，也不確定能否承受得了。然而，雪菜那柄斬除萬般魔力的長槍可以讓瘴氣失效。

古城也追在她背後疾奔。目標只有一個，納拉克維勒的女王機。

但是古城眷獸的攻擊已經被學習吸收了。這樣一來，該如何是好——？

「迅即到來——『獅子之黃金』！『雙角之深緋』！」

剎那間，古城腦海湧上的是瓦特拉讓兩匹眷獸合體的身影。

那種高明伎倆，目前的他辦不到。不過，假如是單純的同時攻擊——

雷光之獅和緋色雙角獸，朝著有意忍著瘴氣起身的納拉克維勒女王機撲了過去。不是雷擊，也不是衝擊波。藉左右夾攻催發龐大爆壓，這就是古城的企圖。

縱使眾神的兵器再有能耐，既然未經學習，就抵擋不了這種攻擊。無從躲避的超高壓將大型古代兵器的裝甲擊碎，並且擠爛其骨架。

女王機停止機能，致使周圍的小型納拉克維勒也停下動作。

那並不代表造成致命傷，可是在自我修復完成以前，它們已變成純粹的廢鐵。

「——哈哈哈！戰爭可真有趣，劍巫！」

古城等人頭上傳來賈德修的聲音。獸人化的老將校從遭到破壞的納拉克維勒女王機當中，渾身是血地打開駕駛艙現身了。

他大概是抱著靠肉身也要和古城等人一搏的念頭。他用左手抽出短刀。

看他受到戰場的瘋狂氣息支配，雪菜同情似的仰望搖頭。

「這並不算戰爭，你只是個恣意妄為的罪犯。沒有國家和人民要保護的你，沒資格談論戰爭！」

雪菜的細語讓賈德修的笑容為之一愣。古城發現，年輕嬌弱的少女一句話，在老將校心底刻下了決定性敗北。

賈德修發出怒吼，朝雪菜猛撲。

雪菜沒有舉起長槍，只是微微閃身。

破風飛來的箭矢貫穿賈德修左肩，迫使他仰身。放箭的自然是紗矢華。緊接著——

「——事情結束了，大叔！」

古城卯足全力，揮拳痛揍賈德修空門大開的側腹。

再次痛揍、痛揍。這是被他擄走的淺蔥和凪沙的份，還有雪菜的份也要算在內。

於是高大的賈德修力竭般緩緩癱下。

他身為以頑強體力自豪的獸人，也終於到達極限。

「請你就此毀壞吧，納拉克維勒。」

雪菜坐上空無一人的操縱席，然後播放淺蔥準備的語音檔案。

那個瞬間，結尾淡然來到。

所有古代兵器如朽木倒落地面，留下啜泣般的些微聲響。

承受不了倒地的衝擊，納拉克維勒的裝甲出現裂痕。宛如岩石經過風化，它們的龐然身軀沙沙作響開始瓦解。這是淺蔥設計的程式所導致。

自我修復機能失控，使得這些納拉克維勒將自己解體。

最後所有古代兵器都化為沙粒，隨著風消失於海中。

過程僅僅不到五分鐘。

「……這樣你沒話說了吧，瓦特拉？」

古城懶散地回頭問道。結果，在場唯獨戰王領域的貴族青年沒流多少汗，讚許地拍著手向他走來。

「是啊，那當然。你讓我相當盡興，古城。看來暫時是不會無聊了。」

「啥？」

聽到他彷彿暗指「假如膩了就會再惹事」的一番話，古城流露出殺氣。

瓦特拉不顯在意，走向倒地的賈德修說：

「黑死皇派的人馬由我發落，可以吧？他們要接受戰王領域的法律制裁。畢竟船被搞沉了，我至少也得幹些活，不然可是會關係到面子。」

「……隨你高興吧。」

對於瓦特拉自顧自的說詞，古城厭煩地揮手答應。就算古城這時候回絕，瓦特拉也只會向日本政府提出交送犯人的要求。既然他肯做事後處理，全交給他辦就行了。

黑死皇派喪失所有的納拉克維勒，威脅已去。古城等人的任務到此結束。

「對了對了，他們不會被處刑，所以你放心吧。有強敵肯找我索命，要是將他們宰了就不好玩啦。」

瓦特拉離去前留下聳動的這些話，讓古城感到疲勞倍增。

看來那男的根本沒學乖。他遲早又會找出有意向自己索命的敵人，然後引發類似的事件吧。古城等人只能祈禱別被捲入。

而且讓古城心情沉重的原因還有一個——

「你吸了紗矢華的血對不對？學長？」

雪菜用有如深邃湖泊的雙瞳仰望著古城。

「唔。」古城哽住呼吸。這是他最害怕的局面。雪菜原本就是他的監視者，聽說更被賦予了可以憑自身判斷抹殺他的權限。

而古城避著雪菜監視的耳目，吸了她朋友的血。雪菜就算勃然大怒也是當然。雖然他曾期待瞞著不說也許就不會露餡，但似乎終究沒那麼便宜。

「啊，唔……不是啦，那該怎麼說呢？」

「事態緊急。沒錯，那時候事態緊急啊，雪菜。」

古城和紗矢華兩人拚命說起藉口，雪菜則面無表情地望著他們。

「說的也是呢。」

「是啊。通往地上的出口轟地被瓦礫塞住，水又嘩啦湧進來。」

雪菜出乎意料的冷靜反應，反而讓古城他們不安。

「對……對呀。雪菜，我是怕那樣關在地底下會溺水，根本就沒有意思要隱瞞妳——」

「你們兩個在慌什麼？」

雪菜冷靜地問道，接著忽然將視線轉向紗矢華。

「對了，紗矢華。那件連帽衣是學長的對不對？」

紗矢華「咿」的一聲，全身僵硬。

「不……不是啦，雪菜。其實我非常排斥這件連帽衣，是他硬要逼我——」

等一下——如此喊停的古城猛然向紗矢華抗議：

「我也沒有那麼強人所難吧！妳還說過公主抱什麼的讓妳很高興不是嗎？」

「白痴白痴！你幹嘛現在提那個！」

紗矢華用拳頭猛敲古城的腦袋。對於他們兩個只像在嬉鬧的模樣，雪菜默默看了一會兒，接著說：

「你們感情似乎變得很不錯，太好了。假如紗矢華抗拒，學長卻強硬地吸了她的血，那我倒是會生氣。」

雪菜深深發出嘆息。古城僵硬地轉頭看向雪菜。

「那麼，妳現在……沒有生氣吧？」

「是的，完全沒有。我一點也不生氣。」

雪菜淺淺地苦笑。看了她那表情，放心過度的紗矢華當場癱倒在地，窩囊得讓人覺得剛才英勇作戰的姿態彷彿全是幌子。紗矢華說著：「太好了～～」黏到雪菜身邊，雪菜則溫柔地摸她的頭安撫。

當古城看著兩人融洽的模樣而安心吐氣時，目光忽然和看著他這邊的雪菜對上了。雪菜粲然帶著嬌憐的笑容說：

「——我才不會惦記著學長吸我的血時，明明說過我很可愛的那件事！」

終章
Outro

紘神島中心處，基石之門內的高級旅館。迪米特列・瓦特拉悠悠地靠在華美的椅子上，望著來往於大廳的住宿旅客。

而他背後傳來有人緩緩走近的動靜。那應該是個嬌小的人。來者坐到和瓦特拉背對背的椅子上，發出感覺不到體重的輕輕聲響。

時間無事般過了半晌，後來那名人物才自言自語似的開口問瓦特拉：

「——偵調已經辦妥了嗎？」

是年輕女性的嗓音。語氣恭敬，但並不拘謹，聽來有笑著惡作劇的味道。

「還好啦。靠所謂的外交官特權。」

瓦特拉也沒有回頭，答話時不對著誰。

「好久不見了，『寂靜破除者（Paper Noise）』——或者該稱呼妳獅子王機關的三聖之長？」

「都可以，請你隨意。」

對於自己浮誇的頭銜，女子自嘲般發出嘆息。

瓦特拉挖苦地微笑著反問：

「那麼，今天有何貴事？假如妳專程來殺我，那倒是熱烈歡迎喔？」

「很遺憾，那要另找機會。我今天只是來呈交受託的文件——另外就問你一個問題。」

聽得到她取出薄薄信封的動靜。貴族青年「哦——」的哼聲，催促她繼續說下去。

「這次黑死皇派圖謀不軌，是出自『那一位』的唆使嗎？」

她間隔一瞬的沉默問道。

語氣裡彷彿忌諱著說出那個姓名。

仍靠著椅子的瓦特拉閉上眼，慎選用詞回答：

「這次風波是我興起才一手造成的。當作是這樣吧。不要緊，還有一些時間啦。」

「是嗎？」

她褪去沉重氣息，改回原本生動的口吻。

對於有意直接起身的她，瓦特拉若無其事地喚道：

「對了，打的賭就當作是你們贏了，可以嗎？」

哎呀——宛如使壞被發現的小孩，她發出驚嘆聲。

「你果然察覺到啦？」

差不多——瓦特拉這麼說著，看似得意地清嗓。

「失守得意外迅速呢，那個女孩。我聽說她討厭男性，倒還擔心過事情會怎麼發展。」

「你對我們的用意心知肚明，為何又要協助？」

她微微歪著頭。

「想品嚐美食總需要勤快餵餌。要是不讓難得的佳餚多發育一些，嚐起來可不過癮。」

瓦特拉愉悅地以笑臉示人，唇邊露出獠牙。

「這次就當作和你們利害關係一致吧。希望下回也能這樣順利。」

「我有同感。」

撫平制服裙面的皺痕以後，她起身頭也不回地邁出腳步。

那身影混在擁擠的大廳人潮裡，馬上就看不見了。

煌坂紗矢華在櫃台辦完住房手續，然後回到大廳。

途中她與一名不認識的少女錯身而過。那是個戴眼鏡、腋下夾著書的高中女生。紗矢華無意間將目光停留在對方身上，是因為那個少女穿著和雪菜同一間學校的制服。

但也沒有特別需要留意的部分，紗矢華便走向容貌醒目的貴族青年。

「讓你久等了，奧爾迪亞魯公。」

「嗨，妳回來啦。辦得如何？」

看著陌生信封的瓦特拉，撥起金髮問道。

「沒有問題。房間似乎馬上就能準備好。」

紗矢華努力用公事公辦的口吻回答。取代濕答答的制服，她現在穿的是款式成熟的灰色外套及褲裝。多虧身材修長，看上去倒也不是不像企業大人物的祕書。受到瓦特拉拜託，紗矢華剛才是去預約滯留期間要住的旅館。

由於「深洋之墓」在戰鬥的紛亂中沉沒了，今晚他忽然需要地方下塌。

這項委託來得雖急，但瓦特拉再不像樣也是戰王領域的上流貴族，旅館方面也十萬火急地為他準備了皇家套房。儘管瓦特拉本人對於在漫畫租書店或者二十四小時營業的快餐店泡到天明也頗有興趣，紗矢華仍設法說服他，才將人帶到這裡。

「謝謝。不好意思，把訂旅館的差事交給妳辦。畢竟妳想嘛，我突然就少了一個能幹的領班。」

「──因為我是負責監視你的人。」

事到如今，想起瓦特拉有恃無恐地聘了有意向自己索命的恐怖分子當領班，紗矢華感到一陣傻眼。

「對了，回程的機票你希望怎麼安排？」

紗矢華懷著「你最好盡早從日本滾出去」的期望問道。既然自豪的遊船沉了，瓦特拉要回國也只剩搭飛機一途。

逮捕黑死皇派的目的既已達成，他沒有理由再留在絃神島。

但是瓦特拉卻用毫不關心的語氣回答：

「啊，那不需要。」

「咦？」

「因為我沒有要回去。」

瓦特拉像孩子般任性地開口，使得紗矢華愕然以對。

她拚命忍住想怒罵的心情，硬是冷靜地問：

「你這話是什麼意──」

「剛剛妳不在的時候，有文件送到了。妳看。」

瓦特拉從信封裡抽出一份似乎頗有來頭的文件。

那是日本政府發行的大使館設置略式同意書。換句話說，日本政府已正式允許讓戰王領域在「魔族特區」開設大使館。

主掌大使館的特命全權大使，名字是奧爾迪亞魯公，迪米特列‧瓦特拉──

接下來，他想在這座絃神島待多久就可以待多久。

就是待在「第四真祖」曉古城所在的這座島上。

「我想妳之後也會接到新的人事命令。哎，以後也多指教囉。」

瓦特拉說著和氣地露出微笑，而紗矢華只能仰天長嘆。

†

傍晚——

在紅色夕陽如膠似漆照耀著的房間裡，藍羽淺蔥睜眼醒來。

保養完善的秀髮散亂於床單上，如今標緻臉孔的純稚氣息更勝豔麗，耳上戴著土耳其玉的小巧耳環。古城戰戰兢兢地窺探她那張眼睛望著天花板卻沒對焦的臉。

「妳醒了嗎？淺蔥？」

「……古城？」

淺蔥用有些沙啞的嗓音叫了古城。表情顯得茫然而安心的她，嘴角露出一如平時的賊笑，接著問道：

「你該不會是看著我的睡臉看入迷了？」

「好歹說我是在顧床吧。」

古城面帶苦笑地撇嘴。之前他曾擔心淺蔥在綁架期間會心靈受創，但既然一起床就有心情說笑，大概是不要緊。

「這裡是？」

淺蔥撐起上半身。

「彩海學園的保健室。不過是國中部的啦。」

高中部的保健室則因為亞斯塔露蒂遭槍擊，目前關閉中。不過這一點古城先瞞著沒說。

「——納拉克維勒呢？」

看似不安的淺蔥嗓音緊繃。古城含糊地聳肩說道：

「聽說全滅了。有吸血鬼跑來大鬧，將所有東西都毀掉了。那月美眉說過，都要歸功於妳準備的電腦病毒。」

「對啊。」

「是喔。原來是那月美眉救了我們。」

這次古城也用力點頭附和。這姑且不算說謊才是。

淺蔥也不由得寬心似的躺倒在床上。

「凪沙她們呢？」

「去吃飯了。那些傢伙白天好像什麼都沒吃。或許妳也找東西填一下肚子比較好，因為之後好像會找妳詢問案件。」

「唔哇……有夠麻煩……」

淺蔥在床上滾來滾去。聽了她那種合乎本色的狂妄口氣，古城苦笑著說：

「大致的事情我聽姬柊說過了。妳似乎很辛苦耶。」

「還好啦。稍微動了一下頭腦……不過……這樣啊，是姬柊嗎……」

趴著的淺蔥停下動作，側眼望向古城。

「那你怎麼會弄得全身破破爛爛的？制服上都是血，還有海潮味。」

「唔！呃，這個……我聽說妳被綁架，太著急就……那個，不小心跌到海裡了？」

古城牽強過頭的藉口，反而讓淺蔥一臉同情地說：

「哦……之後我有一堆問題想問你還有那個叫姬柊的女生，不過算了。放心吧，我今天特別放過你。」

「聽妳這麼說，我實在不太安心就是了——」

古城厭煩地只在嘴裡咕噥。

「啊，對了，我有件事要先告訴你才行。」

淺蔥這麼說著，使勁起身。她跪坐在床上，古城納悶地回頭一看。她彷彿盤算著什麼壞主意，讓他有些緊張。

「什麼事？」

「呃，在說以前，這副耳環你幫我看一下。玉的部分是不是鬆動了？」

淺蔥摸著自己的耳垂，抬頭看向古城。儘管古城心想：「真是勞師動眾耶。」仍毫無警戒地靠到她身邊。

「是這邊嗎？」

探頭看向淺蔥臉龐的瞬間，古城的頭就被她用雙手牢牢抓住了。隨後——

「……唔！」

忽然間，嘴唇貼上的柔軟觸感讓古城停止呼吸。

所有的聲音從世界消失了。

強硬而笨拙的親吻觸感。兩人的呼吸交融纏繞。

古城的腦袋仍是一片空白，時間不知道經過了多久。

回神過來，淺蔥已經恢復原來在床上的跪姿，眼眸稍稍蕩漾著露出笑容。

「就這麼回事。」

淺蔥彷彿掩飾害羞地笑著說。打趣口吻一如往常，卻表達了屬於她的真心話，古城只能呆愣著點頭。

「唔……喔。」

淺蔥被夕陽照著的臉頰一片紅暈。風從窗口吹進來，在她的劉海輕輕掀起髮浪。

淺蔥嫌煩似的撥開沾上臉頰的頭髮，細緻頸子露了出來。

接著，她睜大眼睛盯著古城問：

「等等，古……古城！你那樣沒事吧？古城！」

面對古城大舉噴出的鼻血，淺蔥嚇得尖叫。

保健室的門在這時打開，穿著國中部制服的兩個女生一同出現。察覺淺蔥似乎嚷嚷著什麼，她們從隔開床鋪的布簾往裡面窺探──

「啊，淺蔥，妳醒了嗎！幸好妳沒事……咦？古城哥？那是什麼？鼻血嗎！欸，感覺噴得很嚴重耶！你們兩個之前在做什麼？」

「咦咦……？」

曉凪沙帶著一臉混亂的表情驚呼，淺蔥則有些害羞地吐舌回答：

「嗯，該怎麼說啊？也許算是……為球類大賽練習吧？」

凪沙狐疑地來回看著哥哥和朋友的臉仔細端詳。

這時，古城狼狽不堪地捂著沾滿血的嘴角，一邊接下從旁默默遞來的面紙盒一邊表示感謝。就在他擦完弄髒的手和臉，然後將衛生紙折好，抵住總算停止出血的鼻子時──

「──學長，我已經說過『請你反省』了，對不對？」

聽到雪菜宛如寒鋒般的嗓音，這回古城又猛然咳了起來。

雪菜的大眼睛貼得意外接近，目光正往上瞪著他。

古城在不知所措之餘，仍拚命搖頭辯解：

「等一下，與其說反不反省，這又不是那種問題……」

雪菜卻像個鬧脾氣的孩子，小聲說道：

「我不理你了，笨學長。」

後記

感覺有個女生好像插滿死亡旗了，不要緊嗎——

就這樣，《噬血狂襲》第二集已向各位讀者奉上。

其實上一集加印重刷的份量達到了我以前也沒體驗過的規模，承蒙各位厚愛才能讓續集順利推出。對於將書拿到手裡的各位讀者，我必須鄭重表達謝意。萬分感謝大家。

而上集是以古城和雪菜為中心，相對之下故事展開的舞台較小，但在這次的章節裡，規模就加大一些了。具體而言就是有大牌歌手，不對，是大牌恐怖分子從海外而來的規模擴增感。主角好說歹說也頂著世界最強吸血鬼這種（感覺傻傻的）頭銜，劇情盡是小裡小氣地繞著城裡的事件轉也不對勁，所以才如此下筆。希望這樣一來，就能將擴張的世界及勢力分布，循序漸進地表達讓各位理解。

雖然有新角色亮相，這次從第一集繼續參演的班底也相當賣命表現，特別是令人意想不

到的亞斯塔露蒂。讓她再度登場，是最初就規劃好的既定事項，但老實說連作者也沒想到會這麼活躍。不過殲教師大叔這次並沒有出現。假如有他的粉絲，我很抱歉。想來是沒有吧。

感謝負責插畫的マニャ子老師，這次也畫出精彩的插畫。儘管我每次都只有提出「請營造現實充的形象」這種草率過頭的要求，完稿時卻能呈現出超乎期待的精彩插畫，我實在感謝得無話可說。

另外，對於其他許多關愛有加的人們，我也想借這塊地方表示謝意。這一集曾得到同意延期一個月才發售，即使如此在稿期上仍然相當吃緊。被我添了麻煩的各位相關人士，真的相當抱歉。

最後，我要對拿起本書的各位讀者們致上比任何人都高的謝意。往後我也希望能回覆各位的期待，將作品寫得有趣，麻煩大家再與我相處多一些時光。

那麼，期待下一集能再與大家相見。

三雲岳斗

國家圖書館出版品預行編目資料

噬血狂襲 2 戰王的使者 / 三雲岳斗作 ; 鄭人彥譯.
-- 初版. -- 臺北市 : 臺灣國際角川, 2013.06
面； 公分-- (Kadokawa fantastic novels)

譯自：ストライク・ザ・ブラッド 2 戦王の使者
ISBN 978-986-325-420-1（平裝）

861.57 102007774

Kadokawa Fantastic Novels

噬血狂襲 2
戰王的使者

（原著名：ストライク・ザ・ブラッド 2 戦王の使者）

2013年7月12日　初版第1刷發行
2021年6月24日　初版第7刷發行

作　　者：三雲岳斗
插　　畫：マニャ子
日版設計：渡邊宏一
譯　　者：鄭人彥

發 行 人：岩崎剛人
總 編 輯：蔡佩芬
編　　輯：孫千棻
美術設計：黃永漢
印　　務：李明修（主任）、張加恩（主任）、張凱棋

發 行 所：台灣角川股份有限公司
地　　址：105台北市光復北路11巷44號5樓
電　　話：（02）2747-2433
傳　　真：（02）2747-2558
網　　址：http://www.kadokawa.com.tw
劃撥帳戶：台灣角川股份有限公司
劃撥帳號：19487412
法律顧問：有澤法律事務所
製　　版：巨茂科技印刷有限公司
ＩＳＢＮ：978-986-325-420-1